公元787年,唐封疆大吏马总集诸子精华,编著成《意林》一书6卷,流传至今
意林: 始于公元787年,距今1200余年

MiniMiss 出品

纯正＋阳光＋向上
为中国女生量身打造优质课外读物

我们是小淑女

优雅,聪慧,阳光,快乐,甜蜜,
勤奋,包容,恬静,浪漫,唯美,璀璨。
善解人意,才华横溢,从容淡定,
独立有主见,时常感恩,心怀美好。
爱学习,爱阅读,爱幻想,睿智有深度,独具品位。

意林励志 · Mini Miss 荣誉出品
小 MM 品牌书系 · 淑女励志馆 · 女生不败系列 001

愿与你共享：
平凡女孩的传奇人生，砥砺前行的青春岁月。

女生不败
系列001

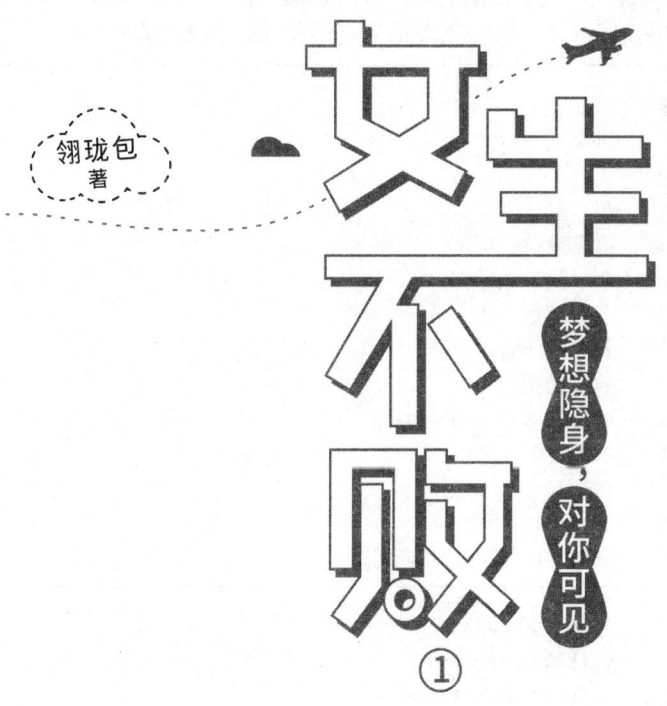

翎珑包 著

女生不败 ①

梦想隐身,对你可见

吉琳摄影出版社
·长春·

图书在版编目（CIP）数据

女生不败. ①, 梦想隐身，对你可见 / 翎珑包著.
-- 长春：吉林摄影出版社, 2018.12
（淑女励志馆. 女生不败系列）
ISBN 978-7-5498-3892-9

Ⅰ.①女… Ⅱ.①翎… Ⅲ.①长篇小说-中国-当代
Ⅳ.①I247.5

中国版本图书馆CIP数据核字(2018)第266190号

女生不败①·梦想隐身，对你可见
NüSHENG BU BAI①·MENGXIANG YINSHEN, DUI NI KE JIAN

著　　者	翎珑包
出 版 人	孙洪军
总 策 划	阿　朱
责任编辑	吴　晶
图书统筹	欧阳夏飞
特约编辑	周　磊　滕柏文
绘　　图	花月婷然　团　子
书籍装帧	青空工作室
图书设计	袁　萌
开　　本	880mm×1230mm　1/32
字　　数	210千字
印　　张	6.5
版　　次	2018年12月第1版
印　　次	2018年12月第1次印刷

出　　版	吉林摄影出版社
发　　行	吉林摄影出版社
地　　址	长春市泰来街1825号
	邮编：130062
电　　话	总编办：431-86012616
	发行科：431-86012602
网　　址	www.jlsycbs.net
经　　销	全国各地新华书店
印　　刷	天津中印联印务有限公司

书　　号	ISBN 978-7-5498-3892-9	定价：24.90元

版权所有　侵权必究

如发现印装质量问题，请与印务部联系退换，电话：010-51908584

用文字启动女孩内心的力量

文◎女生文学书系总策划　阿　朱

创办《意林·小淑女》女生文学品牌多年来，通过电话、书信、网络等各种途径，我曾接触过许许多多不同的女孩。有的女孩兴高采烈地发来成绩单，说自从认识小MM（读者对《意林·小淑女》的昵称）后，自己的文笔和语感都有了很大提升，作文和阅读理解经常拿到满分；有的女孩把自己写的小说发到邮箱，说小MM激发了她的写作灵感，她希望长大后也能加入小MM，和编辑们一起创造出更多好故事；有的女孩在微博留言，说自己脆弱、迷茫的时候，是小MM的故事激励了她，让她成为一个上进的女孩……

收到这些反馈，我甚感欣慰的同时，也更真切地体会到作为一名青少年读物策划者和出版人的责任和意义。

女孩的成长路上并不总是阳光明媚，也会有雨雪交加的时候。女孩们跟编辑部的互动，除了表达对小MM系列读物的喜爱之外，也经常会提出各种困惑，比如，考试没考好怎么办？爸爸妈妈不支持自己看课外书怎么办？和同学闹矛盾了怎么办？更有甚者，有任性的女孩因为和父母闹矛盾，一气之下离家出走（这是极其不负责任的行为，无论什么情境下都不能这么做），着急的父母遍寻无果，无奈之下打电话到女儿最喜欢的杂志的编辑部求助。阿朱姐至今仍记得那位父亲的焦灼：叛逆期的女儿无法沟通，父母无论如何走不进女儿的内心世界。

我想，天下的父母无不希望自己的女儿能够长成一位阳光、独立、智慧、幽默、内心强大的优秀女性，而在学校和家庭教育之外，帮助女孩健康成长的最有效的方式，就是为她们提供充分的、优质的精神食粮，让女孩通过阅读完成自主成长。

不过，现在的女孩学习压力大、时间紧，需要高效率地提升自己，小MM编辑部以"为成长中的女孩量身定制"的精准定位和独到眼光，八年来成功创办了"淑女文学馆""淑女漫绘馆""淑女青春馆"三大特色书系，为女孩们打造了数百种优质课外书，在文学和艺术上做了不懈努力。有感于女孩成长过程中面临的诸多实际问题，接下来，我们将在保持作品的故事性、文学性的基础上，强化功能性，在作品中赋予更强有力的励志精神内核和价值观引导，启迪女孩内心成长，帮助她们克服自卑、怯懦、迷茫、悲伤的情绪，树立坚强、乐观、自信、独立的信念，成为更好的自己；同时，增加作品的实用性，帮助女孩挣脱课堂的束缚，打开视野，了解世界，帮助她们提升写作、阅读、演讲、人际交往、情商训练等技巧，成就有强大竞争力、趋向于完美的女孩。这即是我们策划"淑女励志馆"的初衷。因此，"淑女励志馆"系列图书涉及的题材和内容范围非常广，既有激励人心的半纪实长篇小说,也有饱含人生智慧的生活故事,更有有趣、有料的知识小文,我们着眼于"课堂上学不到,家长没有教"的东西,力求"不偏食、不挑食",以高品质读物全方位陪伴女孩健康成长,让女孩的智慧与日俱增。

有位老师曾经讲过这样一个真实事例:一位中学时成绩优异、被很多老师捧为掌上明珠的女生,在多年埋头苦读之后终于考上了理想大学,然而女生入学不到一个月便提出退学,因为她发现大学里的每一位同学都多才多艺、全面发展,唯独她,在不恰当的教育理念下,从小到大只有一个目标:高考,因此整个青春压缩得只剩下了备考一件事。如今与同学对比之下,她备感失落,陷入自卑的泥潭,心灵匮乏得不堪一击。

这样的故事只是个案,不过,成绩是一时的,而心灵的成长和丰盈是女孩一生都要修炼的课题。女孩一辈子重要的并不仅仅是读大学、考学历这一件事,她们对人生的看法,对社会的认知,对性格的塑造,应该从小就做好积累和准备。今天,我们唯一能做的,就是在女孩的内心多播撒一些饱满的种子,用文字帮助女孩塑造健全、优秀的人格特质,给女孩提供开阔、新颖的视角。如果女孩从小养成了阅读的好习惯,那么将来再怎么沉重的考试压力,也不能阻挡她们对于自我发展的追求,对于美好未来的向往。何况,充足的、高质量的阅读所奠定的智力背景,必将使女孩未来的学习之路比别人轻松很多。

愿每个女孩都能在合适的年纪爱上阅读,并在阅读中获得更多的成长与勇气。

目录
contents

001 第一章
少女爱飞翔

021 第二章
超人陨落

047 第三章
魔鬼教官请慢走

067 第四章
阳光下的那些少年

093 第五章
最美不过苍山雪

1

目录 contents

- 111 第六章 军人的荣光
- 129 第七章 再见，害人精
- 153 第八章 伟大的逆行
- 177 尾声 拥抱浩瀚星辰
- 197 后记 有梦何处不相逢
- 201 编辑手记 青春此时蓝

「第一章」少女爱飞翔

金刚狼会变老，罗宾汉会隐退，阿不思·邓布利多变成了让人缅怀的历史，所以，她的超级英雄，也走了吗？

1

亮橘色双肩包,大红色耳机,随风扬起的五彩发带……活力四射的女孩握着手机从街头跑过,连光影都有些耀眼。一对老夫妇下意识地齐齐回头看她,嘴角默契地微微翘起,内心大概在感叹青春的美好。

青春绽放的十八岁,自然是美的。无念过去,不惧未来,怀着一腔孤勇向前冲,大概是所有花季少女最显著的共同点。而在女孩里,林蔚然素来属于最风风火火的那一拨。

第三遍听到"您所拨打的电话已关机"的提示音,她终于将手机收起,专心追赶前方已走到大院门口的好友。

不远处的女生期待地往大院里瞧了瞧,然后转身雀跃地冲她招手:"林蔚然!快点儿啊!"

林蔚然,金川市仁礼高中三(2)班学生,此次来北京是参加女飞行员的复试考核。

冲她招手的是她的好朋友江茹,目的和她一样。

两个小城姑娘,在那么多报名者里过五关斩六将一路拼到复试,大概出乎许多人的意料,可了解她们的人就会知道,这样的结果绝不是运气二字能概括的。

果然,林蔚然的实力在她走进大院之后很快便得以展现。

绿树参天的院子里,等待复试的男生们三三两两地聚在一起。林蔚然和江茹刚走进去,便发现其中一拨站在梧桐树下的少年最为引人注目,而他们高谈阔论的声音也吸引着越来越多的人加入其中。好奇的江茹拉着林蔚然的手靠了过去。

"超音速飞机可以调整机翼的位置,利用凸起的机身产生的激波的后方出现的压力场来提高升阻比,也就是'压缩升力',英文叫 compression lift。美国的 XB-70 是最早运用这项技术的轰炸

第一章 少女爱飞翔

机……"站在小团体中心的少年侃侃而谈，他眼神明亮，身材颀长，说话时嘴角的梨窝若隐若现。

看起来，是个很有魅力的男生。

江茹对好看又有才华的男生一向没什么抵抗力，她拉着林蔚然站在人群外围，跟着大家发出呜哇呜哇的赞叹。

林蔚然却没什么特别的感觉，尤其是听到男生的最后一句后，还"扑哧"一下笑出声来："什么啊，最早用到压缩升力的明明是B-70！"

林蔚然的音量不算大，但清脆的女生声线，在一干男生的讨论中立刻凸显出来。下一秒，大家齐齐看了过来，包括一直在给大家做科普的男生。

"女生也懂军事吗？"男生微微皱眉，明显不太相信自己会记错，尤其是发现反驳自己的竟是个女生。

其他人显然也抱着同样的怀疑，于是又一起扭过头，催促他继续讲。

江茹的脸涨得通红，想拉着林蔚然离开，被男生那句话激怒的林蔚然却不干了。

她不顾江茹尴尬得恨不得钻地洞的表情，一脚踩上梧桐树旁的石椅，然后借力整个人跳上旁边的石桌。

"喂，"五彩发带在空中漾起彩虹般的颜色，林蔚然挑衅地指指人群当中的男生，"连 B-70 和 XB-70 都分不清，也叫懂军事？虽然我算不上懂得多，但要说到对飞机的了解，还是比某些人强一些的！"

这口气听起来不善，按说，男生应该会立刻反驳，可他没有说话，而刚刚还在哄笑的围观人群也突然陷入死一般的静默，一旁的江茹则拼命冲林蔚然挤眉弄眼，示意她赶紧下来。

什么情况？

"长官……好。"人群里响起小小的问好声。

众人目之所及，是一位看起来四十来岁的军官，中校军衔，五官宛若刀刻，穿着笔挺的军装，站在林蔚然身后的水泥路上，旁边跟着两个同样穿军装的年轻人。

军官看着林蔚然，带着一种审视，又像是……回忆的表情。

林蔚然顺着大家的目光回过头，立刻老老实实地从石桌上下来，刚刚的飞扬跋扈瞬间偃旗息鼓。

"懂点儿皮毛就这么没规矩，以后怎么当飞行员？"军官看着林蔚然皱眉，沉声喝了一句，便背着手迈步离开。

气氛冻结了片刻，其他人作鸟兽散，林蔚然低头不好意思地摸摸耳朵。刚才那个男生似乎还想跟她说什么，林蔚然却不想惹事了，赶紧拉着江茹蹿进了复试大楼。

复试比初试简单很多，但程序依旧冗杂，体检之后是折返跑、瞬间记忆、迷宫拼图之类的测试。

因为男女名额相差悬殊，来参加复试的绝大多数是男生，女生除了林蔚然和江茹便只有屈指可数的几个人。大家开始最后一项心理测试时，时间已经到了中午。

林蔚然很快勾选完自己的题，然后溜出机房。其他女生也陆陆续续出来了，江茹却久久没有露面。百无聊赖的林蔚然坐在楼梯上，一边等江茹，一边继续拨打之前的那个号码，听筒里却依然只有冰冷的提示音。

她有些不开心，鼓着脸颊用微信给哥哥林羽生发了个哭泣的表情。下一秒手机便振动了一下。

林羽生：考砸了？

林蔚然：别咒我！我给老爸打了一上午电话，怎么都打不通！

第一章
少女爱飞翔

林羽生:这几天他有任务,你得理解嘛!对了,你上午考得怎么样?

少女撑着头,撇撇嘴,理解,永远让她理解。为什么身为老爸的孩子,她就一定要比别的女生懂事?真不公平!

此时,江茹刚好答完题从机房出来。她走到楼梯口,拍了下林蔚然的肩,林蔚然懒得再听林羽生唠叨,和好友蹦蹦跳跳地下了楼,任手机在兜里嗡嗡嗡地响个不停——找不到爸爸,就只能欺负哥哥了,哈哈。

"刚才,我做完心理测试跟老师聊了一下。"下楼的时候,江茹挽着林蔚然的胳膊,表情神秘分兮,像是知道了什么了不得的消息,刻意压低了音量说,"那位女老师就是飞行学院的教授。她说,今年女飞行员的名额非常少,来复试的原本就这几个,搞不好还要刷掉一大半。"

"不是吧,不是好几年没招收女飞行员了吗?"林蔚然有点儿惊讶。

"她是这么说的啦!不过,你复试综合成绩是第二名呀,你怕什么?"

"那你这个第一名就更不用怕啦!"林蔚然揶揄地捅捅身旁女生的痒痒肉,"总不可能只招一个女生吧!"

"哎呀!"江茹忍不住尖叫一声,跳着回击。

两个女生就这么嬉笑着出了大院,然后兴高采烈地商量起午餐要吃什么。得知名额很少这个消息那一瞬间的忧虑,又瞬间被她们抛到脑后。

时隔五年重新招女飞,不可能真的只招一个人吧?就算是那万分之一的可能成了真……也没事,反正不是她,就是好朋友江茹。都是值得开心的事!林蔚然轻松地想。

2

经过短暂的休整,下午考生们陆续回到大院。下午只有一项内容,也是复试的最后一项内容——面试。

个人资料政审早就审得一清二楚了,所以,比起之前的知识考核环节,面试也就是走个过场吧?

林蔚然这样想着,一脸自信地走进房间,向三位面试官介绍完自己,便在椅子上坐下。

此时,坐在最中间的面试官这才将翻开的资料放下,露出他的面容。

林蔚然的心里突然咯噔了一下。

这不就是上午训斥她没规矩的那位军官吗……呃,早知道,就不出那个风头了!

林蔚然定了定神,努力保持微笑,等待考官们的提问。其他考官应该是提前看过林蔚然的政审资料,根据她的情况问了一些问题,比如对飞行的理解,飞行员父亲对她的影响,以及,为什么想报考飞行学院之类的。

为什么要报考飞行学院?为什么要追求一个和普通女生不一样的人生……

林蔚然放在膝盖上的手指动了动。她承认,受家庭环境的影响,她对飞行当然是感兴趣的,可如果不是为了哥哥林羽生,她大概不会真正付诸行动。

林蔚然下意识地摸了摸兜里的手机,当然,这些想法,她从来没跟那个笨蛋说过。

"因为我哥哥。他从很小开始就把成为飞行员当成毕生的梦想,直到五年前……他遭遇车祸。"

叙述这一事实的时候,林蔚然的语气很平静,甚至平静到显得

第一章 少女爱飞翔

有些冷酷。

旁人无法想象这份平静背后曾有一段多么煎熬的惊涛骇浪，伤痛也好，担心也罢，经过时间的洗礼，到了终于能说出口的时候，听起来总是显得格外轻巧。

那是五年前的一个下午，兄妹两人一起出门买好吃的。林蔚然依然记得那天的阳光有多灿烂，甚至让她有些睁不开眼。可买好吃的总是值得开心的，所以她脚步雀跃，嘴里哼着歌儿，直到，一辆越野车冲上人行道。

在危险袭来的那一刻，她的脑袋里一片空白，林羽生下意识地将她一把推开，自己则没来得及躲闪。从那之后，梦想当飞行员的林羽生瘸了。

众所周知，飞行员的录取条件非常严苛，身上有一点儿小伤疤都不行，更何况腿脚不灵便。

那段时间，林羽生努力表现得非常平静，不让家人担心，可林蔚然却感觉心里好像有什么东西碎掉了，与此同时，又有一种若隐若现的冲动在悄然萌芽、滋生……

所以，四年后，当老师下发了空军要招收女飞行员的通知时，林蔚然明白内心那股冲动是什么了。

"你的意思是，你想代替你哥哥完成他的梦想？"一直没出声的中年军官突然开口。

严格说起来，好像是这样没错，可又不完全是这样……

林蔚然正在心里琢磨着该如何措辞，对方已经露出了讥讽的笑容："替别人完成梦想？可笑！国家和学校培养飞行员，是为了保家卫国，不是让你弥补内心的亏欠！飞行学院不欢迎你这样想法幼稚的人！"

"不是的，我……"林蔚然愣了一下，着急地想要解释。

"此外,你今天上午咄咄逼人的态度也很糟糕。飞行员需要沉稳、踏实的性格,在我看来,你并没有这样的条件!"军官再次打断她。

"我……我只是……"林蔚然没料到会遭遇这样的场面,脑中一片空白,急得几乎要哭了。

军官抿唇做了个噤声的动作,然后指了指门,表情轻蔑而不容置疑。而他身边的两位考官,一个正低头翻资料,一个打开杯盖喝了口茶,谁也没有要为林蔚然说话的意思。

林蔚然觉得有些震惊。她不明白,即便觉得自己不合格,对方也不至于态度这么恶劣吧?一个年纪可以当她父亲的人,怎么会跟一个小姑娘过不去?

何况,作为应该秉持公平公正原则的考官,仅仅因为第一印象不好,就找碴儿让她直接离开……这也太过分了吧!

军官的右手还指着门的方向,看起来气势凌人。不能输,不能输!林蔚然在心里跟自己说。哼,有什么了不起的!她咬着下唇起身,挺起胸膛朝门口走去。然而走到一半,她越想越委屈,脚步下意识地加快,最后,重重地把门摔上。

少女摔门离开,又像风一样穿过走廊。原本坐着等候的江茹愣了一下,追了上去,其他人则面面相觑,包括上午那个站在人群中间的少年。

此刻,他刚好在用手机偷查 B-70 的资料。

她说的没错,B-70 才是最先采用压缩升力的轰炸机,是自己记混了,真尴尬。

男生宋祁望着她摔门跑远的背影,除了尴尬,又萌生一个想法——世界上怎么会有这么暴躁又不识大体的女生?希望跟她再也不会有交集。

3

一天的复试终于结束，来的时候还蹦蹦跳跳的林蔚然，此时却像霜打的茄子一样。

江茹在火车上安慰了她一路，她的心情并没有好多少，晚上到了家便直奔卧室，然后重重地扑上床。挫败啊，真是挫败！当然，除了挫败，更重要的是生气！

见她这副德行，老妈没多问，在微信上被晾了一天的林羽生也把准备好的臭骂憋回了肚子，悄悄给她洗了点儿水果放在床头柜上。

等房间里终于没了动静，林蔚然从被子里钻出来，歪头看床头柜上还沾着水的苹果和梨，冲着天花板用力翻了个白眼。

此刻，她已经不是生气或难过，而是发自内心地后悔。

她后悔当时逞什么能，居然把被家里人宠坏了的臭毛病带到了外面来，给考官留下了那么糟糕的第一印象。

就在她对着空气咬牙切齿的时候，手机突然响了，铃声是《樱桃小丸子》的主题曲，显示的来电人是"超级英雄"。

林蔚然摸起手机，飞快地滑动接听键。

"喂，老爸，嗯，我回来了！题做得还行，但运气简直差到惊人啊！我跟你说，我遇到一个超烦人的中校面试官，见鬼了，他对我的讨厌简直溢于言表……"

尽管白天在心里吐槽了老爸一万遍，但林蔚然此刻"啪嗒"一下打开话匣子，便关不上了。

都说女儿是妈妈的贴心小棉袄，但在林家似乎反了过来——林蔚然从小就喜欢黏着爸爸。

可惜，身为空军飞行员的爸爸总是那么忙，一年待在家的时间加起来连两个月都不到。

因此，为了跟爸爸待在一块儿，林蔚然小时候甚至做过偷偷躲

进行李箱,企图让爸爸把她一起拎到机场的傻事。

"然然,我刚开机,就看到你给我打了好几个电话,所以赶紧回过来。不过,我马上要去开总结会,等爸爸回来再说好吗?"

又是这样!虽然老爸的语气里带着愧疚,但林蔚然满腔想倾诉的热情还是瞬间被浇灭。

她回想起今天一天的不愉快,肚子里的怒气再次翻涌,气呼呼地把手机拿到面前:"开会开会开会,你就知道开会!反正我的事永远是小事!你赶紧去忙吧,不用回电话了!"

虽然话说出口就意识到自己的过分,林蔚然还是气呼呼地挂了电话。然后,她便眼巴巴地盯着手机,好像在期盼什么奇迹。然而,爸爸真的没有再打过来。

哼,小气鬼!林蔚然气呼呼地将手机扔到一边,又钻回被窝里生闷气去了。

虽然心情糟糕,第二天,林蔚然还是不得不去上学。无可避免的是,每个人都会或真心或假意地问她考得怎么样。

起初,林蔚然还会微笑着说还好还好,到后面直接不耐烦了,反问:"你复习得怎么样?哦,不怎么样啊,那你不好好复习,瞎打听个啥!"

是的,她就是这样一个直来直去的女生,不过大概是因为心地善良、乐于助人,人缘一直不错。

林蔚然对爸爸的不满延续了好几天,其间,爸爸几次打来电话,她都直接挂断,还把来说情的林羽生揍了一顿,并痛斥他是叛徒。这场战役,被林蔚然称之为"对父反击战",她要用这种方式告诉老爸,她是真的很生气,后果很严重!

问题是,和爸爸冷战,对林蔚然来说本身也不是一件轻松的事儿。加上之前面试时累积的郁闷还在萦绕……总之,对林蔚然来说,

第一章 少女爱飞翔

这是很不好过的一周。

她的状态家人都看在眼里，于是，林羽生这个活宝又出动了。那天，吃晚饭的时候，受不了老妈使劲儿眨眼睛的攻势，他非常突兀地从兜里掏出两张南沙航展的票，说是抽奖中的，不看白不看，邀林蔚然周末一起去看展散散心。

"我有什么好散心的，本姑娘心情好着呢！"林蔚然偷瞥着林羽生手里的票，依旧死鸭子嘴硬。她当然知道，票是妈妈和林羽生专门给她买的。

"好好好，那就请公主大人赏脸，陪我看航展好吗？"林羽生万分配合地合着手掌，做了个拜托的姿势。

"准了。"

看着兄妹俩的样子，老妈乐得前仰后合，林羽生则撇了撇嘴，一副"算了，不跟你计较"的大度表情。

此时，不知是邻居谁家在办喜事，窗外的夜空突然绽出烟花，在一团团五彩绚丽的光点里，林蔚然看着眼前费尽心思来爱她的两个人，眼里也泛起笑意。

人生啊，哪有什么一帆风顺，但只要家人在身边，什么烦恼都不值一提。

她突然有点儿想老爸了。嗯，那就再撑几天，然后就跟他讲和好啦！

周末，天气晴朗，下了飞机的林蔚然用力吸了吸鼻子。靠海的南沙市，果然连风也是咸咸的味道。

林蔚然的心情原本应该更好的，可惜，她头天晚上突然有些肚子疼。怕她着凉，老妈收走了她原本准备穿出门的大纱裙，扔给她

丑丑的牛仔裤、薄毛衣，还在她的文件包里塞了只保温杯。

拗不过老妈的林蔚然，只好作老干部打扮，和依旧帅气的林羽生坐早班飞机赶往南沙。

下飞机后，两人直奔航展，展馆离机场不远，兄妹俩远远地已经感受到了人山人海的气势，其中不乏各种肤色的外国友人。

"哇，居然有这么多人来看航展……"林蔚然望着乌泱乌泱的人群感叹道。

"那肯定啊，据说今年参展的国家数量再创新高，而且还有一批此前从未曝光的新装备。你等一下，我去拿宣传册。"快走进入口时，林羽生止住林蔚然的脚步，自己朝发放宣传册的柜台走去。

林蔚然下意识地伸出右手，嘴角颤动，最终还是把"我去拿吧"这句话憋了回去。

倒是经过林蔚然身边的一个小孩儿童言无忌，他摇摇一起来看展的妈妈的手："那个哥哥走路好好玩。"

年轻的妈妈捂住儿子的嘴，抱歉地看了眼林蔚然，林蔚然笑笑，视线重新转回林羽生身上。

他穿着温柔的浅色上衣，纯白的板鞋，手里拿着两人的展票，即使是走起路来有些滑稽，背影却非常好看。是啊，他从小就是个好看的男孩子。

车祸之后，林羽生粉碎性骨折的右腿在经历大大小小五六次手术之后总算可以行走，却再也回不到原来的状态，走路一高一低，连简单的蹲下站起都不那么灵便。

而那一年，他才十八岁，正是梦想绽放的年纪。

男生还没走远，林蔚然也不知道自己为何突然开口叫住了他："喂！"

林羽生疑惑地回头。

林蔚然把手背到身后,脚尖一跐一跐,笑出一口白牙:"没什么,就是想喊喊你。"

"神经病哦。"林羽生给了她一个白眼,转过身去。

少女歪着头,擦了下眼睛。

根据宣传册上的介绍,占地面积超大的室内和室外展区加起来,两个人可能一天都看不完。所以,只能有选择地看。偏偏林蔚然和林羽生感兴趣的展区各不相同,于是,就一个谁先陪谁看的问题,两人吵吵闹闹,一直争到了安检口。

"都快中午了,去看室外展厅肯定超级热!你这么想用严苛环境考验你妹妹的意志力吗?"林蔚然吐槽道。

"你的意志力?你这段时间除了唉声叹气就是躺在床上睡觉,哪个高三学生比你还悠闲?"林羽生摆了摆手。

"喂!林羽生!"林蔚然面向林羽生,一边倒退着过闸一边和他斗嘴,刚将装了杯子的文件袋扔到安检机的传送带上,后背就不小心撞到人。

"啊……对不起。"林蔚然赶紧转身道歉,一抬头便看到一张熟悉的面孔,而对方也很诧异地看着不知道从哪里冒出来的她。

"怎么是你?"

"怎么是你!"

林蔚然和宋祁同时喊了起来,明明是一样的台词,但绝不是一样的语气。

林蔚然只是疑惑,宋祁则是觉得自己难以置信地倒霉。那天还祈祷不要再见面的人,居然在航展这样重要的场合相遇!

他这次穿着黑色西装,打着领带,一副道貌岸然……哦,不,是衣冠楚楚的模样。林蔚然打量了他一番,先嘻嘻笑起来:"哟,XB-70?"

"我有名字!"

"哦,好的,XB-70。"林蔚然无视宋祁使劲儿戳到她眼前的工作牌上大大的"宋祁"二字,一脸好奇,"航展还收高中生志愿者吗?志愿者要干吗?帮老奶奶推轮椅?还是去飞机坪捡垃圾?"

"我不是志、愿、者。"少年努力维持高冷的表情,最后几个字说得几乎有点儿咬牙切齿。

"干吗那么激动?我是觉得当志愿者很棒,想跟你了解下而已啊!喂喂喂,XB-70……"

林蔚然还在"喂喂喂"地叫个不停,前面的宋祁已经快速通过安检,从传送带那边拿起自己的包,大步离去,一副生怕和林蔚然多待一秒的样子。

林蔚然耸了耸肩,不以为意,转头便去找林羽生。

偶遇宋祁的事儿,在林蔚然看来不过是个小插曲,要不是她跟林羽生逛着逛着突然口渴,却发现文件包里的保温杯不见了,反倒多了许多看不懂的资料,她根本不会再想到宋祁。

宋祁是在她之前拿的包,在她之后传送带上也没有同款文件包,所以不可能和身后的人搞混……那应该是宋祁拿错了吧?

两个人居然拿着一模一样的文件包?

这也太巧了吧!

林羽生翻着包里的资料:"这是飞行器制造的资料,还挺专业的。据说今年新增了一个青少年飞行器制造比赛获奖作品展区,搞不好你那个朋友就是获奖者,被邀请来参展。"

"喂,谁告诉你他是我朋友啦!"林蔚然把资料囫囵塞回包里,"我才不会跟那种眼高于顶的人当朋友!"

不管是不是朋友,包还是要找的。林羽生的猜测果然没错,兄妹俩进到青少年飞行器制造比赛获奖作品展区不久,就在一个展台

第一章 少女爱飞翔

前看到宋祁。他站在自己的作品前，被许多小孩儿簇拥，一副众星拱月的样子。

展台旁有他的个人介绍，巨幅立式的架子，少年标志性的自信笑容以印刷的形式定格在上面。

宋祁，第五届青少年飞行器制造大赛银奖得主，第六届青少年飞行器制造大赛金奖得主，"金球杯"中学生机器人挑战赛一等奖获得者，全国……哎，算了，林蔚然懒得一条一条看下去，这个巨幅海报介绍上，几乎二分之一的篇幅都是宋祁过往获得的荣誉。太过优秀的人通常会盲目自信，怪不得复试那天心高气傲，一脸瞧不起自己的样子。

林蔚然踮脚看看，和她一模一样的文件包就在宋祁手边的桌子上，刚准备挤进去，林羽生的手机响了。他左右看了下吵吵嚷嚷的展厅，示意林蔚然他出去接个电话。

"你别走太远哦！"林蔚然还想再说什么，林羽生已经接通了电话向外走去。

眼见林羽生走远，林蔚然又把视线转了回来。

宋祁真的很受欢迎啊，不光许多家长带着孩子来听宋祁讲解他做的飞行器，还有很多和林蔚然差不多大的女孩围着他，叽叽喳喳地对一些简单的问题问个不停。

少年的讲解不疾不徐，内容浅显透彻，最重要的是，他的脸上从头至尾带着恰到好处的自信的微笑。

完美，不管换多少个角度，都挑不出一丝毛病。

他大概就是那种从小到大被视为"别人家的孩子"的人吧？林蔚然心想，下意识地撇了撇嘴。

唉，要不是两人之前的过节，说不定她对他会有完全不同的第一印象。

　　好不容易讲解完自己的飞行器,宋祁连喝口水的工夫都没有,几个伺机而动的女生已经围拢过来,向宋祁递上在怀里搂了许久的笔记本,一脸崇拜:"宋同学,可以给我签个名吗?"

　　要不要这么夸张?他又不是明星……看到这一幕,林蔚然想笑又觉得不太好,努力地克制着自己,不过……她还是在下一秒"扑哧"一下乐了出来。

　　因为,面对女生们的请求,宋祁矜持而又礼貌地点点头,然后一本正经地伸手进文件包里找笔,然后,就掏出了林蔚然在文创店买的那支笔——超级可爱的粉色,顶部不光有大片羽毛装饰,还吊着两个很少女心的毛球吊坠。

　　西装革履、一脸精英范儿的帅气少年,搭配少女心泛滥的毛球笔,这画风……有点儿让人不敢直视。

　　几十双眼睛同时下移,盯着宋祁手里的毛球笔,场面自然有些尴尬。要签名的少女们摸头的摸头,挠脸的挠脸,也不知该作何反应。宋祁毕竟是见过大世面的,虽然被不知道从哪里穿越出来的毛球笔搅得有点儿心慌,额上立刻冷汗津津,但还是朝大家镇定一笑,然后下意识地伸手进文件包掏纸巾。

　　这下,才算彻底完了。

　　林蔚然眼睁睁地看着高贵冷傲的宋祁从包里拿出一包颜色极其少女的化妆棉……所有人的嘴巴都渐渐张成圆形,却发不出任何声音,好像,有谁不小心碰到了"静音"键。

　　宋祁意识到不对,低头看了下手里的东西,冷汗瞬间没了,血液倒是一下子冲到脑门。

　　他立刻以极快的速度将那包东西塞回包里,手臂向下的力度感觉简直能捶穿地心。

　　"哈哈哈……"终于,忍无可忍的林蔚然捂着肚子笑了起来。

5

林蔚然的笑声就像点燃所有人笑神经的引子，围着宋祁的人群也都跟着捂住了嘴。而宋祁的视线也随着林蔚然的笑声转移到了她身上。

少年又不傻，刹那间，已经意识到这不是自己的包，而唯一会搞错的地方就是进门处的安检。

所以，他一定是拿错了那个女生的包！

遇到她果然不会有好事！

"B-70！"明明早些时候还生气她瞎取外号，此时宋祁却顾不得这么多了。

从小到大，他从没经历过这样尴尬、狼狈的场面，必须逮住那个女生，不然就再也解释不清了！

上一秒还在放肆大笑的林蔚然，立刻捂脸，然后，下意识地想开溜。

虽然明明是对方拿错了包，但不知为什么，林蔚然还是觉得尽快离开这个尴尬的环境比较保险。谁知道那家伙恼羞成怒之下，会做出什么反应呢？

拔腿就跑的女生才不管宋祁的气急败坏，她刺溜一下钻出这个展馆，像一尾灵巧的鱼。

跑出去老远，回头张望的时候林蔚然又忍不住叉着腰大笑起来，引得路人纷纷侧目。

这么好玩的事，怎么林羽生偏巧不在！笑够了的林蔚然小跑着寻找哥哥的身影，迫不及待地想把方才的画面讲给他听。

一路走出展馆的林蔚然，终于看到了林羽生的身影。展馆外的人比里面少一些，往来行人大多刚从某个展厅出来正奔向另一个展厅，大家穿梭而行，脸上表情不尽相同，却都透露着相似的兴奋。

而广播里正播着热血激昂的《飞行进行曲》:"蓝天飞鹰,搏击风云,飞行员的肩上……"

在如此热烈的环境里,林羽生看起来像个异类。他站在一片空地的中央,背对着林蔚然,一动不动,像在思考什么,手机掉在旁边的地上也没有弯腰去捡。明明站在日光里,他整个人看起来却仿佛被阴云笼罩。

林蔚然依然蹦蹦跳跳的,没注意到哥哥的异常。靠近林羽生时,还换成蹑手蹑脚的姿势,然后一下跳起来,从背后揪住林羽生的脸颊:"嘿,给你说件超好玩的事……"

脸颊凉凉的。

指尖有湿湿的触感,好像是泪水。

林蔚然惊讶地转到林羽生的面前,看着他通红的双眼,顿时不知所措地站在原地:"你……你怎么了?"

印象中,哥哥是没有哭过的。哪怕是五年前得知自己再也当不了飞行员的时候。

周围的人群依然在快乐地前行,广播里的歌曲依旧澎湃:"……飞行员的肩上闪耀家国荣光……"

可是,在林蔚然的眼中,一切似乎都突然慢了下来,然后,万物都没有了声响,她只看到哥哥的唇在动。

他说:"蔚然,我们没爸爸了。"

林蔚然感觉自己的身子晃了晃。

什么意思?林羽生,你在瞎说什么啊?

林羽生长出了口气,闭上眼睛的同时把林蔚然搂进怀里,双手越箍越紧,声音哑得像下一秒就要失声:"爸爸执行任务的时候……飞机失事了。"

就像一柄巨大无比的铁锤从天而降,砸在身上,没有尖锐的刺

痛，而是瞬间让人失去所有的力气，连反抗的机会都没有。然后，冰冷的感觉从四肢一点点延伸到心底，林蔚然觉得疲惫、眩晕、透不过气来，却始终没能说出一个字。

原来，电视里歇斯底里的画面都是假的。天真的塌下来时，并不会立刻有那些反应。木然，每个人最初都只有一个表情——木然。

金刚狼会变老，罗宾汉会隐退，阿不思·邓布利多变成了让人缅怀的历史，所以，她的超级英雄，也走了吗？而她，居然几个小时之前还在盘算着何时结束这场滑稽的冷战，以至于，连一句温柔的话都没来得及说给他听。

林蔚然想，自己人生里所有的美好，在这一刻，戛然而止了。

第二章 超人陨落

其实,早就应该想到的,经历狂风骤雨之后,林蔚然的平静和改变,只不过是因为她的眼里已经没有了星辰大海。

1

在林蔚然眼里,爸爸是无所不能的英雄,不管是他开着战斗机搏击长空的时候,还是将她放在肩头,在小区里悠闲地遛弯儿的时候。当然,每个孩子小时候可能都会对飞行员抱有无限的崇拜,可在林蔚然看来,即便在飞行员里面,老爸也是最棒的。

超级英雄怎么会失败呢?超级英雄,不是每一次都应该准时归来,风雨无阻吗?你说过,等你不忙了,再给我打电话的。虽然……我没有接,可是,你怎么能真的不打了呢?以后也不打了吗?

这是不是一场梦?从南沙回程的飞机上,林蔚然一直悄悄用手在裤兜里掐自己的大腿。如果是梦,那到底还要做多久?快点儿让我醒过来吧!

事故简报很快发回来了。在那天的飞行任务中,因为飞鸟撞到机体并阻碍视线,导致一个拉杆动作没有及时完成,林蔚然的父亲,飞行员林深的飞机直接撞上山体。机毁人亡,一等飞行事故。

这个把一生奉献给飞行的男人,在大家找到他的遗体的时候,右手still紧紧握着操纵杆。没人忍心掰开他的手,便索性将操纵杆从飞机残骸上卸了下来,和遗体一起送回来。来林家慰问的时候,看起来久经沙场的老首长也眼眶泛红:"林深同志到死的那一刻还和他最爱的事业紧紧相连,真的就这么把一生献给了蓝天。"

最爱的事业呵……林蔚然站在客厅的角落里,看着大人们泪流满面地互相安慰,心里却越来越冷。

林蔚然想起,小时候妈妈辛苦操持的小面馆刚开张时,爸爸在飞行;哥哥出事故要做手术时,他在飞行;她两次招飞考试时,他依然在飞行……家人还是事业,这是一道很难抉择的人生命题,显然,老爸选了后者。

老爸总是在错过那些重大时刻后,无比遗憾又愧疚地说自己身

第二章 超人陨落

不由己,亏欠家人太多,等他脱下这身蓝衣,他一定会用余生来弥补。然而现在,他余生已尽,和他的人生紧紧相连的亲人们的余生却再也不会好过。

呵,好一个把一生献给了蓝天!

所以,英雄在保护全人类的时候,却独独要牺牲自己的家人吗?

林蔚然觉得以往的信仰在某个瞬间轰然崩塌,她的英雄成为所有人心目中的英雄时,反而在她眼里跌落神坛。

她删除了电脑、手机里和老爸的所有合影,撕碎了所有有关他的东西。然后,她每天呆坐在窗前,面无表情,既不说话,也没有掉一滴眼泪。

三天后,老爸的遗体被专机送了回来,盖着国旗,对于一名军人来说,这是至高无上的荣誉。

按照老妈的意思,葬礼办得很简单,即便如此,需要张罗的事情仍然很多,大家都忙得昏天黑地。

在众多面容悲戚的亲友里,林蔚然仿佛一个异类,看起来非常平静——她白天面无表情地帮林羽生一起接待来吊唁的亲戚和老爸的战友,晚上面无表情地给哭得撕心裂肺的妈妈递纸巾。她很冷静,冷静得就像一个局外人。

"蔚然,你不要这样。"葬礼结束后的那天晚上,回到家,眼睛布满血丝的林羽生担心地看着她。

"哪样?我很好啊。"林蔚然仰起头。

"爸爸回不来了……但生活还是要继续的。"林羽生叹了口气。没有人比他更了解妹妹的个性,她看起来越正常、平静,反而越值得担心。

"我知道啊,我明天就去上学。"林蔚然摆摆手,面无表情地回到自己的卧室,关上门的同时,轻轻闭上了眼睛。

是啊，不管发生了什么，生活总是要继续。只是……她突然找不到生活的意义了。

2

葬礼结束的第二天，林蔚然便回到学校。不过是一周时间，校园里看起来并没有什么变化，又好像一切都变了。

同学们跟她相处时都小心翼翼，生怕触碰到少女敏感的神经。其实，这些顾虑和善意有些多此一举，林蔚然根本不需要，也不在乎。

从前那个活力四射的少女，突然变得让大家不认识了。

没有问过任何人的意见，林蔚然径直把课桌搬到最后一排，一个人坐在窗边。此后的日子里，她大部分时间都趴在课桌上睡觉，醒了就玩手机、打游戏。

在所有人的印象里，以前的她，是几乎不玩游戏的，现在却像着了魔一样。她在游戏里打怪、做任务，在虚拟世界里肆意游走，和游戏里新认识的朋友过着快意恩仇的人生。与此同时，现实世界里的考试和作业对于她来说好像突然不存在了一样。

所有人都看得出她在逃避，可没人能把她拉出来，也没人能走进她的世界。包括好友江茹。

江茹对林蔚然的状态很担心，她几次试图抢走林蔚然的手机，甚至罕见地冲她大吼大叫。

"你给我醒醒！已经发生的事，不管你怎么自暴自弃，都无法挽回了，知道吗？"

"我很清醒啊。我就是累了，不想再做一个好学生了。"说这句话的林蔚然，脸上甚至带着笑。那笑容让人觉得陌生，甚至，有些可怕，让江茹下意识地倒退了半步。

没有人能真正理解和体会另一个人的悲伤，即便装作理解，并

第二章 超人陨落

努力迁就，也总有一个度。

那阵子，老师们试图通过各种方法"挽救"林蔚然，她却在"自暴自弃"这条路上越走越远。最后，因为她开始逃课，班主任不得不打电话通知家长。

电话是林羽生接的，当时他正在面馆忙碌。

老妈状态不好，这段时间家里的小面馆的活儿全部落在林羽生的身上，他瘸着一条腿，早出晚归地忙里忙外，得闲还要安慰老妈。本来已经身心俱疲的他，接到老师的电话之后仿佛被压上最后一根稻草，刚放下电话，便咣当一下昏倒在地。

林蔚然匆匆赶到医院时，林羽生已经做完检查出来了。他脸色发白，眼眸里带着满满的疲惫，却什么都没说，只是冲林蔚然笑了笑，然后很自然地帮她拎起书包："回家吧。"

下午五点，医院前的街道很热闹，摊煎饼的大爷和卖臭豆腐的大妈忙着招呼刚下班正饥肠辘辘的上班族，放学归家的孩子们从林蔚然身边打闹着跑过，好像人生里从来不曾有任何烦恼。而前方一步之遥，林羽生提着书包的身影晃了晃，和她记忆里的那个人影慢慢重合。

从幼儿园到高中，只要老爸在家休假，他都会去接林蔚然放学，帮她拎书包。那粉嫩的小书包搭在男人宽厚的肩膀上，总是让人觉得既滑稽，又安心。

是啊，回想起来，从小到大，所有人都宠她爱她，一点儿苦都舍不得让她吃。可她这个爱耍小脾气的姑娘，却从来只会伤害。她和老爸冷战，她逃课让林羽生担心，她对老妈的悲伤视而不见……

被尘封的种种记忆在这一刻如潮水般涌来，泪水毫无预兆地落下，林蔚然不想让林羽生看到，低头用衣袖使劲儿擦，却好像怎么也擦不完。

她以为,她内心那一丝似有若无的恨,是恨老爸忙于事业,原来,她恨的是自己的任性,恨过去那些年,没好好珍惜被赐予的那些爱。

她只是不敢面对。所以,她自暴自弃——既然生活不会好起来,就索性看看能有多坏好了!

可是,对老爸的遗憾,她已经无法弥补,难道,还要让林羽生担心,然后再次留下遗憾吗?

夕阳西下,金色的光束微微刺痛眼睛。紧赶几步,林蔚然轻轻挽住林羽生的胳膊。

3

真正彻骨的伤痛,大概是很难真正弭平的,但至少可以暂时藏起来。高考前的最后两个月,林蔚然好像突然又回到了正轨——至少,是别人眼中的正轨。

她把课桌搬回大家中间,上课不再睡觉或玩游戏。虽然话还是很少,虽然谁也不明白是什么促使她再次改变,但大家都很欣喜地接受了这个现实。

江茹也总算放下心来,虽然隐隐感觉林蔚然和以前不一样了,却无法苛求更多。她试过一百种方式去开解,却始终清楚地感觉到林蔚然心里有一块被牢牢锁起来了,谁都无法进入,包括她。也许,时间真的是唯一的良药。

回到正轨的林蔚然,平静无波地上课放学、吃饭睡觉,一直到参加完高考。虽然中间短暂荒废了一阵,但以她的底子,高考从来不是需要担心的事。

最后一门英语考完,仁礼的考生们按照老师的要求拎着资料重回教室集合。

十二年寒窗苦读终于结束,教室的黑板上终于不再是化学元素

和数学公式,而是老师写的"祝大家前程似锦"。暂时不用去想考试结果,摆脱苦海的高三学生们疯了一样在学校里高喊欢呼,把应考资料从教学楼上扔下,看着它们如雪片般飘落,以此来告别这一段苦中有乐的岁月。

江茹看起来考得不错,为了上飞行学院,她这几个月的复习可以说是拼尽全力,临考前还剪了短发明志。此时,她和林蔚然站在走廊上看着大家最后的狂欢,一脸感慨:"以后,班里同学都会散落各地,奔赴不同的人生吧。"

"是啊。"

"不过,我有很强烈的预感,我们还会是同学。以后还请林蔚然同学多多指教!"她爽朗地笑道,似乎想以此感染林蔚然。

林蔚然松开扶着栏杆的手,仰头长呼了口气:"我啊,已经不那么想成为飞行员了。所以,应该根本就不会报飞行学院吧!"

江茹猛地转身,看着林蔚然,一脸的难以置信。

说起来,她们高中三年之所以能成为最好的朋友,也是因为爱好相同。林蔚然喜欢湛蓝的天空,江茹则喜欢神秘的宇宙,她的终极目标其实是宇航员。两个人互相扶持鼓励着,终于走到最后一步,没想到一直陪伴她的那个人会选择放弃。

"可是……"江茹动了动嘴唇,却没有说下去。

其实,早就应该想到的,经历狂风骤雨之后,林蔚然的平静和改变,只不过是因为她的眼里已经没有了星辰大海。

"不管你如何选择,我都支持你。我们永远是最好的朋友!"江茹拍了拍林蔚然的肩,将她揽进怀里。

林蔚然把下巴搁在江茹的肩头,轻轻闭上眼睛。这是久违了的、温暖的拥抱。还好,在她自暴自弃,将所有人拒之千里的那段日子里,江茹没有放弃她。

4

高考后的那个暑假,大概是整个学生生涯里最轻松的一段时光。

江茹和家人去外地旅游了,林蔚然则每天都处于去面馆帮忙、被老妈赶回家,再去面馆帮忙,然后再被赶回家的循环里。后来,大家终于彼此妥协——林蔚然来店里不许干活,坐在柜台后玩手机就好了。

这段时间,家里的气氛变得温和许多,白天,三个人待在小面馆,晚上回家后一起围在电视前吃西瓜、看肥皂剧。林羽生偶尔会叫苦连天地说老妈偏心,老妈也只笑笑,然后沉默地继续做自己的事。

据说,时间会慢慢抚平一切伤痕,如果生活就这样过下去……其实也还不错?

六月底,高考成绩出来了,像预料的那样,林蔚然考得不错。为了填志愿这个环节不出纰漏,学校规定所有人在家填好志愿表之后,要统一来学校交表,再在校机房网上填报。只是,还没等到去学校那天,林蔚然藏在书房抽屉底层的志愿表就被林羽生发现了。

上面没有飞行学院。林羽生确认了一遍,真的没有。

林羽生疑惑地走到林蔚然的房间,把表格递到她的面前:"你是不是填错了?"

"没有啊。"林蔚然放下手里的小说,表情看起来平静,眼眸深处却有一丝慌乱。

"你没填飞行学院啊?"林羽生疑惑地瞪大眼睛。

"哦,你也知道,我复试考得很差劲,面试的考官都说不想收我。反正填了也上不了……"

林羽生叹了口气,拉着林蔚然的胳膊:"不试试怎么知道呢?走,我陪你去学校重新拿表。"

"别麻烦了……"

第二章 超人陨落

"这怎么是麻烦呢?你好不容易才——"

"林羽生!"

直呼全名的斥喊止住了男生的絮叨,林羽生定在原地,转头看着林蔚然。

林蔚然甩开他的手,脸上挂着无动于衷的冷漠:"我不想读飞行学院,这个理由够充分吗?"

"为什么?"林羽生的嘴唇微微颤抖,半晌之后才艰难地开口。

"就是不喜欢了啊,女生本来就善变,哪有那么多为什么!"林蔚然扭过头去。

"不可能!你从小就对飞机很感兴趣,拼飞机模型时,比我还快。每次老爸回来,你都会缠着他给你讲飞行时发生的故事……"

林蔚然微微睁大眼睛。老爸,他说到了老爸。

这些日子里,大家仿佛约好了一般,对那个男人绝口不提,好像他只是去远方进行一场漫长的旅行。林羽生突然提及,让林蔚然的眸光闪了闪,"啪"地将小说扔到桌上:"对飞机和飞行感兴趣的人多得是,每个人都要当飞行员吗?"

林蔚然动作太大,令林羽生下意识地后退了两步,跟跟跄跄的样子显得有些狼狈。

"你既然说到老爸,"林蔚然的下巴微微颤动,"他一年到头又累又苦,还让家人成天担心,现在更是……所以,当飞行员有什么好的?"

空气仿佛突然凝固了,林羽生看着林蔚然,双眼变得通红,手里的表格被攥得越来越紧。

她是在责怪老爸吗?飞机失事又不是老爸的错,这是谁都不想发生的意外!

可他能说什么呢?即使他知道林蔚然是为了老妈和他,不想让

家人再陷入担忧和痛苦之中,哪怕这样的代价是放弃梦想,可他依然无法接受这个事实。

就在这时,一只手将半合的房门完全推开,中年女人扶门而立,看起来没什么精神:"林蔚然。"

在客厅看电视的老妈应该是听到了兄妹俩的争吵,但这场战争他们没想让老妈参与进来,林羽生赶紧把志愿表藏到身后,林蔚然则偏过头去。

"找老师重新要一份志愿表,填上飞行学院。"

"我不想当飞行员……"

"你必须去!"老妈提高了音量。

"凭什么?"林蔚然愤怒地看着老妈。

"凭你姓林,凭你是林深的女儿!"一向温和的女人突然吼道,脸色也变得更加苍白。

林蔚然抿着嘴唇,握起拳头。不容反驳,甚至连商量的余地都没有的老妈让她浑身开始颤抖。

她知道,老妈是认真的,那么她最终只能妥协,否则,这个刚恢复一点儿人气的家便会再次坠入冰冷的深渊。

可她就是不甘,胸口像有一团火在熊熊燃烧。感觉随时会爆炸的林蔚然猛地扑向自己的书桌,将上面的书本、擦脸霜、相框全部扫到地上:"啊——"

妹妹的暴走,出乎林羽生的预料,他试图拉住林蔚然,门口的老妈却已转身离开。

女人一个人走到客厅,听着房间里各种东西噼里啪啦摔落的声音,听着林蔚然愤怒地大喊,听着林羽生心疼地说着劝慰的话,终于绷不住了,捂着脸,双肩耸动。

如果说有谁最不愿意林蔚然走上那条路,那一定是她。

因为丈夫的职业,她已经担惊受怕了那么多年,而这种压力之大是外人无法想象的。

在空军飞行员家属群体里一直有个说法:有飞行任务的时候,尤其是夜里,家属基本上是没办法安心睡觉的。最怕的就是家里的座机突然响起——因为这通常意味着出事了。而她,最终还是接到了那通电话。

所以,她大概有一万个理由让女儿选择别的路,可她做不到。没有人比她更了解自己的女儿,她知道,如果今天放弃了,林蔚然总有一天会后悔。

世上最好的母爱,不是禁锢,而是放飞,有些人属于高山田野,有些人属于天空海洋。她会担忧会害怕,但她不想因此折断林蔚然的翅膀,而且,她相信,他们的女儿一定能够成为最棒的飞行员。

5

改过的志愿表被送去学校,尽管心里有千万个不满,林蔚然还是暗自庆幸:反正不会被录取!现在想来,还要感谢面试的时候被那家伙莫名其妙地刁难!

半个月后,林蔚然收到去学校领通知书的短信。林羽生想陪她一起去,却被她狠狠地瞪了回去。

拜托,什么学校都行,只要不是那个就好!在老师办公室,林蔚然拿到那枚红色信封时,默默地在心里祈祷。

"怎么,还这么紧张呀?你分数那么高,肯定没问题的啦!"旁边的老师见状,笑道。

林蔚然干笑了两声,双手微微颤抖地拆开信封。

自己什么时候运气变得这么好,不对,是差了?林蔚然愣愣地抬起头,看着老师,希望这只是一个一点儿也不好笑的恶作剧。

"飞行学院"这四个字映入眼帘的时候,林蔚然的心抖了抖,然后陷入长时间的呆滞。她有点儿想哭,又下意识地想要傻笑,她的心里瞬间涌上各种情绪,唯独没了理智。

不是说今年女生的名额很少吗?那位考官,不是看起来很不喜欢自己吗?这到底是怎么回事?

老师们笑吟吟地恭喜她,林蔚然依然只能干笑,然后无措地离开办公室。

走在郁郁葱葱的林荫道上,林蔚然感觉双腿发软,这样的姿态配上她此时呆滞的表情,看起来一定非常滑稽。

所以,真的要去飞行学院了?

走出校园老远,林蔚然还是有些晃神。唯一值得开心的,大概是能继续和江茹当同学了吧?

想到这儿,林蔚然赶紧拨通江茹的电话,说起来,两人已经有两三天没联系了。

江茹似乎有点儿感冒,说话时鼻音很重。

"唉,好郁闷啊,早知道我填志愿的时候就不向老妈妥协了!虽然能跟你一起学飞行是意外之喜……"林蔚然吐槽道。

"我没办法跟你一起学飞行了,我被淘汰了。"江茹的语气罕见地冷漠。

林蔚然愣了一下,有些不敢相信。江茹的笔试和面试都比她优秀,怎么可能没被录取?

"也许只是通知书还没到呢,再等几天,你……"

"我已经打电话问过了。"

"江茹,你在家吗?我去找你……"

"我不在家。不说了,先这样吧。"江茹强忍着要哭出来的冲动,那边的林蔚然还在"喂喂喂",她已经用力挂断电话。

第二章 超人陨落

她撒谎了，此刻，她就在自己的卧室里。房间被窗帘遮得严严实实，江茹赤足蹲在地板上，将头埋进膝盖间，明明是闷热的盛夏，她却觉得浑身发冷。

复试时，江茹和那位心理测试老师很聊得来，便交换了微信。因为迟迟没收到通知书，江茹便拜托她帮自己问问。

老师很遗憾地告诉江茹，这次飞行学院录取女飞行员，只有一个名额。原本，这个名额应该是江茹的，但因为林蔚然的父亲因公殉职，学院领导最终决定录取各方面表现也很不错的林蔚然。

从十一月参加初试，到最后参加高考，这么漫长的过程里，江茹不是没想过会被淘汰。也许，第一次体检就过不了关呢？也许，心理测试结果不合格呢？也许，就是运气不太好呢？

她想过种种可能，却从来都没有想到那个令自己无法成为飞行员的因素会是林蔚然。尤其是，在对方明明已经放弃这个梦想之后。

那是她最好的朋友。她说过以后她们也要是最好的朋友。

江茹抬起头，将手里的手机狠狠甩出去，砸在墙上，又落到地面，那狼狈的样子，就像她们的友情。

6

某些人梦想破碎的时候，另一些人，则将迎来最灿烂的曙光。这个世界原本就是这样。

至少，在林羽生看来，林蔚然已经朝着梦想迈出了坚实的一大步，是非常值得高兴的事。因此，尽管妹妹整天不满地噘着嘴，他还是兴奋地抱着电脑给她网购准备让她带去学校的各种东西，导致因为跟老妈拧巴着而不肯去小面馆的林蔚然每天在家都要收好几个快递。

不过，这些大部分在林蔚然看来都是没用的东西，因此，直到

临出发前,她的行李箱里依然只有几件衣服和一些准备带给未来室友的特产。

"洗发水、沐浴露不要?"林羽生皱眉。

"去学校买。"林蔚然头也不抬。

"毛毯和枕头?"

"学校会发。"

"那把饭盒带上吧,免得临时再去买!"林羽生不气不馁。

"要饭盒干吗?食堂有餐盘啊!"

"那那那……"林羽生将这个字重复了半天也没说出个所以然,最后只好作罢。

少女得意地噘了噘嘴,刚握住行李箱的拉杆,一只手却先她一步把拉杆提了起来。是老妈。

因为填志愿的事闹僵的母女俩,这段时间几乎是零交流,此时女人的眼光却盛满了不舍。她说:"我来。"

林蔚然愣了一下,乖乖地点点头。

一家人来到火车站。毕竟是开学季,熙熙攘攘的候车厅挤满了像林蔚然这样要远游求学的准大学生,有些一看就没怎么出过远门,和父母分别时两步一回头,挥着手还要哭上一哭。

林蔚然不想让大家看出她的不舍,任老妈和哥哥在一旁唠叨,她则不以为意地坐在候车大厅的椅子上,和江茹发着消息。这段时间,林蔚然每天都会跟江茹打电话、发信息,但江茹好像消失了一样,也不知道她最后考到了哪里。

"我今天就要离开金川了。"林蔚然看着手机屏幕,写了长长的一段话,却又一个字一个字地删掉,最后只说:心情好了,记得给我打电话。

直到广播提醒她乘坐的列车开始检票,林蔚然才收起手机,轻

声跟老妈和林羽生道了再见，便拖起行李箱朝检票口走去。

一步一步，轻松的笑意随着远去的步子慢慢从林蔚然的脸上消失。还没离开就已经有点儿想家了，她低头攥着行李箱拉杆跟在别的旅客身后，又有其他旅客跟在她的身后，层层叠叠，一点儿一点儿变成了长长的人潮。这是她长这么大第一次真正意义上离开这个家，爸爸不在了，她也要离开了，妈妈，还有林羽生，你们都要好好的。

突然，人潮外，她听见林羽生喊她的声音。

林蔚然回头，见瘸腿的哥哥嘴里重复说着抱歉，正努力拨开人群朝她挤来。

就算说了抱歉，还是有人明显对他这种行为感到厌烦，所以，林羽生在离林蔚然还有一小段距离的时候停下，踮脚奋力伸出右手："我知道你不开心，想了想，还是决定把这个给你！"

男生右手指缝里掉出一截链子，被挤着向前走的林蔚然来不及拒绝，赶紧伸手接住。

焐得温热的金属物件落在林蔚然掌心，她没空细看，便草草塞进口袋。一路过了检票口，下了扶梯，找到自己的车厢和位置，林蔚然气喘吁吁地安定下来，这才松了口气。

把自己和邻座老奶奶的行李放到行李架上，林蔚然想起林羽生给她的东西，赶紧从口袋里掏出来。原来，是一条小小的心形吊坠，样式很普通，看起来有些旧。

林蔚然用手拨了拨吊坠，那颗鼓鼓的"心"是可以打开的。

列车员吹哨并收起踏板，火车发出长鸣，启动的同时，林蔚然打开了吊坠。

吊坠里，老爸微笑地看着她。

"笨蛋。"少女瞬间愣住。

无数复杂的情绪纷至沓来,但她不愿分辨,很快便鼓着嘴重重合上那颗"心",将它重新放回口袋。

她知道哥哥的意思,也知道妈妈对她的期待。但是,抱歉啊,她做不到,真的做不到。被迫改志愿并进入飞行学院已经是她最大的妥协,剩下的日子里,就让她老老实实做个差生,然后被无情地淘汰吧。

7

六个小时之后,火车抵达目的地。

坐落在素有"北国之城"之称的江芜市的飞行学院,气派得有点儿超乎林蔚然的想象。城楼般的大门威武耸立,灰黑色的砖石墙面记录着学校建校几十年来的历史沧桑。到底是正处在花季的女生,虽然对今后的学习生活毫无期待,对于这个崭新的环境,她还是充满了好奇,忍不住四下打量。

大门入口处站着两个扛枪的卫兵,昂首挺胸、目不斜视,一副生人勿近的模样。林蔚然刚走近,就被拦了下来。

"站住!找谁?"

突然被喝住,林蔚然吓了一跳,她从包里拿出录取通知书递到喝住她的那个卫兵面前:"我是飞行十三大队的新生。"

卫兵的表情看起来有些不可思议,好像林蔚然在讲一个笑话:"你?飞行大队的新生?"

林蔚然不明白他为什么如此惊讶,点了点头。

货真价实的录取通知书最终让林蔚然得以顺利通过,但开门的两个年轻卫兵的一举一动仿佛电影慢动作,林蔚然已经拖着箱子走进去老远,他们依然一脸茫然,仿佛在怀疑自己是不是放错了人。

而行走在校园里的林蔚然,继续接受着热烈的目光——在男女

第二章 超人陨落

比例严重失衡的军校,女生似乎成了比熊猫还难得的稀有动物,何况是像她这样穿着鲜亮的连衣裙,步子轻快,马尾在脑后轻盈跳跃的女生。终于,林蔚然被盯得有些不好意思了,把手搭在额头上,小跑着找到飞行学院主楼,然后在一楼左侧找到了录取通知书上写的飞行十三大队。

十三大队门口摆着迎新的长桌,桌边坐着几个穿蓝色短袖却没有肩章的男生,一看就是刚入学的新生,正嘻嘻哈哈地聊着天。

几乎小跑着穿过半个校园的林蔚然此时累得满头大汗,调整了一下表情,刚想跟未来的同学打个招呼,迈出去的步子却瞬间定在原地,表情也僵硬起来。

"B-70?"

"XB-70?"

就像是狗血偶像剧里的狗血情节,林蔚然和宋祁以新生的身份再次相遇。其实,回过头想想,以宋祁的表现,会被录取一点儿也不意外。只是,林蔚然从来没想过这件事,因为她骨子里就对这个优越感爆棚的家伙没有好感,更不想跟他做同学。

显然,对方也是这么想的——宋祁的脸上残留着刚刚和朋友讲话时的微笑,只是嘴角明显变化成奇怪的弧度:"你不会就是……今年招收的唯一的那个女生——林蔚然吧?"

林蔚然愣了一下。虽然她一直在想为什么她被录取了,江茹却没有,但并没有想过自己竟然是唯一被录取的女生这种可能性。苍天啊,自己到底做错了什么?这么宝贵的名额,为什么会落到一心奔着当差生去的自己身上?简直是暴殄天物!

林蔚然的沉默被宋祁视为默认,他一掌拍向自己的前额:"作孽啊。"

提前两天来报到的他,因为出色的履历,被教官任命为临时班

长。说是临时，不出意外的话以后肯定要转正，而在他看来，林蔚然的出现对他今后的管理工作简直是一个巨大的挑战。

"什么作孽？"林蔚然不爽地瞪了他一眼。

"别废话，跟我走！"

"脸盆、毛巾、牙缸、毛毯……"在飞行大队临时作为库房的房间里，宋祁一件一件把军用品放在林蔚然的手上，最后拎出一个军用行李箱，推到林蔚然面前，"里面是你的军装，女生宿舍在这栋楼后面的后面。能找着吗？"

林蔚然看了看抱了满怀的日用品和一左一右两只行李箱，刚准备拜托宋祁带自己过去，男生已经自说自话地后退了两步："能找着啊？哦，那我先走了！"

"什么情况？喂，我没说话啊！"

哈？林蔚然被宋祁速速退去的背影打败。

"啊，对了，"快走到门口的男生折返回来，出人意料地掰开林蔚然抱东西的手，然后从口袋里掏出笔在她掌心写下一串号码，"我的电话，不过，不是人命关天的大事不要打！"

此时，刚好进来拿东西的一帮男生看到这一幕，立马笑开了花。听到他们嘴里发出的阴阳怪气的笑声，宋祁瞪了他们一眼，头也不回地跑了出去。

林蔚然的眼皮尴尬地跳了跳，她抱着东西挪到一边，打开新发的行李箱，将手里乱七八糟的日用品一件一件放进去，最后艰难地拎着脸盆、拖着两个沉甸甸的箱子走出库房。就在少女思忖着该怎么把这些东西独自运回宿舍时，一个小得像是蚊子嗡嗡叫的声音从她背后传来。

"我帮你拿一个吧。"

林蔚然转头。说话的是一个很清秀的少年，细胳膊细腿，皮肤

白皙得近乎透明。

少年手里拿着一些粉笔和颜料，应该是在去办黑板报的路上恰好碰到需要帮助的林蔚然。

还好不是所有人都像宋祁那家伙那样没风度，林蔚然感动得差点儿哭出来，她很爽快地将一只行李箱滑过去："谢谢啦！"

少年叫乔以桐，性格和长相一样腼腆又害羞，说话都是问一句答一句。他帮林蔚然提了一路行李，来到女生宿舍楼后，也不多停留，放下箱子就跑了。

还好自己的宿舍在一楼，林蔚然找到门上贴有自己名字的宿舍。那是一个向南的四人间，上面是床下面是书桌，推门进去的时候，三个舍友已经在里面忙碌着收拾东西。

"你是？"坐在靠门这边床上的娃娃脸女生看到林蔚然进来，停下铺席子的动作。

"我是飞行十三大队的新生，林蔚然。以后也是你们的舍友。"少女大大方方地介绍自己。

"哇！今年学校招的唯一的女飞就是你啊！"正在拖地板的长发女孩眼睛简直要发射出小星星。

这三个女生也是今年的新生，不过她们是机械制造专业。三个人热情地欢迎了林蔚然，叫王慧的娃娃脸女生从床上跳下来帮林蔚然拖箱子，拖地板的李晓冰随手接过林蔚然的脸盆，原本在阳台上晾衣服的吴梦也拿着衣架迫不及待地跑来看自己的新舍友。

第一次接触集体生活的林蔚然，一下子被舍友们的热情感染，心底原本的那一点点不安瞬间烟消云散。她打开箱子给大家分发从家里带来的小酥饼，四个女孩把椅子并在一起，围在房间中间嘻嘻笑着，边吃零食边聊天。

就在此时，宿舍门被人推开了，吴梦看到来人，招手喊了声：

"江茹!"

江茹?捏着小酥饼的林蔚然疑惑转头,下一秒便立刻从椅子上跳起来!不是同名同姓,真的就是她高中最好的朋友!穿着蓝色军装的江茹就在她的面前!

"江茹,你也在这个学校?我以为,我以为……"林蔚然竟激动得有点儿手足无措。

"是啊,我还是考进来了,只不过是机械制造专业。"江茹把短发别到脑后,朝林蔚然温和地笑道。

"你怎么都不告诉我!我给你打电话、发消息,你怎么一直不回呢?"

"我的手机丢了,索性换了号码,抱歉了,蔚然。"

林蔚然不在意地摇头,开心地跑过去一把抱住好友。她还记得江茹说过预感两个人会在同一个学校,没想到竟然成真了。

"以后请江茹同学多多指教。"把头搁在好友肩上的林蔚然开心地说道。

江茹只是笑了笑,没有回答。

8

三天入学期结束,新生们陆陆续续到位,接下来便要开始飞行学院新生的必修课——军训。

众所周知,在飞行学院,军训是件超可怕的事!

传说,有皮肤白皙的学姐在军训结束后变成了"黑煤球"。

传说,每年学校食堂在军训期间就开始"闹鬼"——隔三岔五地丢吃的。

传说,百分之九十的学员在此后的日子里最不愿意回忆起的黑历史都发生在这一个月里。

第二章 超人陨落

几天时间里,林蔚然听了无数个关于军训的可怕故事,而在军训开始的头一天,可怕故事就发生在了她的身上。

"拜托,别剪太短好吗?"在学校理发室里,看到理发师傅三十秒钟剃一个头的高超手艺,林蔚然怕得瑟瑟发抖。

军训前所有人要先整理发型,男生要剃成三毫米的平头,女生剪短发,这是学校的硬性规定。可一直以来都是长发的林蔚然无法想象自己短发的样子……一定超级难看吧?而且还是由如此随性的理发师操刀!

"放心!"师傅手起刀落,"咔嚓"一剪子下去。

"我在这里给你们这些娃剪了十几年头了!"又是"咔嚓"一声。

"我这水平,包你们队领导满意!"

在林蔚然脑后,电剃刀突然发出"嗡嗡"的声音。队领导满意?林蔚然"喂喂"两声刚出口,老师傅一把摁下她的脑袋,直接把推子靠近了她的后颈。

毁了,全毁了!

三分钟后,理发师傅哼着小曲儿扯下她脖子上的围布。

林蔚然算是明白为什么师傅说的是队领导满意了——这种连刘海都不存在的发型简直不能更符合标准了!

林蔚然看着镜子里超短发的自己,感觉四年大学生涯还没开始就已经暗淡了好几个色号。旁边甚至有一个女生刚剪完头发就直接哭着跑了出去。

"为了这种事哭,也太夸张了吧。"林蔚然吸吸鼻子,双眸通红地走出理发室时,压根想象不到晚上还要遭遇一次上交手机的糟心事——那才真是要把没了手机就活不下去的林蔚然气哭了。

自从她打定主意不来飞行学院后,彻底放飞的林蔚然俨然成了游戏高手,在全服务器名号响当当,还因此认识了一干好友。没了

手机就玩不了游戏,自然不能跟朋友们联系了,也不能跟家里打电话,日子简直过不下去!

剪了短发,又在晚上大队开会后上交了手机的林蔚然,一回宿舍立刻开启了吐槽模式:"啊啊啊!这才几天啊,我已经受够了!学校的管理制度简直太不人性化,女生留个长发怎么了?而且,这都什么时代了,手机都不让用,也太死板了吧!你们呢,今天过得咋样?"

噼里啪啦说了一堆的林蔚然,一边大口喝水一边看向室友,直到这时,她才觉察到不对劲儿。王慧和吴梦在床上看书,李晓冰趴在桌子上写着什么,没有人看她或是回应她的吐槽,寝室里有种诡异的安静。

过了几秒钟,李晓冰才合上本子,面无表情地看了下站在门口的林蔚然:"还好。"

"哦……"林蔚然下意识地点头,有些不知所措。

写完东西的李晓冰爬上床边的梯子,刚蹬了一级又转身看向林蔚然:"该睡了,关灯吧。"

说完,她麻利地爬上床,王慧和吴梦也合上书躺下了,剩下林蔚然一个人站在下面,澡也没洗牙也没刷,身上穿着汗津津的迷彩服。但她还是立刻关了灯,好像这样,才不会感觉那么尴尬。

寝室里一片漆黑,林蔚然站在黑暗里发呆。她们这是怎么了?是发生什么事了吗?还是自己……哪里做得不好?

她呆呆地站了一会儿,几次想开口询问,最终什么都没说。她隐隐有种感觉,在这里,像这样的事以后还会不断发生,没有人会再宠着她惯着她了。

此时,月亮从云层后面探出脑袋,洒下皎洁的光线。少女轻轻叹了口气,就着这点儿月光,从柜子里拿出睡衣和洗漱用品,轻手

轻脚地走进了浴室。

虽然不知道原因,但林蔚然还是清楚地感觉到,室友对她的态度变了:那是一种似有若无的冷淡,让人无法忽略,却又挑不出毛病。可她素来是那种大大咧咧的女生,从小不喜欢花心思处理这种细腻又麻烦的情绪,何况,她现在也没有这个精力,因为,军训正式开始了。

从第二天起,校园里一队队蓝色的方阵随处可见,学员们雄浑有力的口号声一阵高过一阵。九月的艳阳越是热烈,新生队的军训教官就越是让大家多练,他们似乎很乐意用这种方式来磨砺新人们的意志。

飞行十三大队的训练地盘在主教学楼前的空地处,灰色大楼、灰色水泥地,周围一点儿绿色都没有,在滚滚热浪间显得越发燥热。

林蔚然和一群男生一起训练,站在队伍最后一个,跟大家行进到训练场地的时候,宋祁就站在她旁边。按规定应该相距一拳距离的两人拼命缩着身子,隔得老远,巴不得一个在南极一个在北极。不过,这次两个人凑到一起倒真不是偶然,毕竟军训队列就是按照班级站的。

昨天晚上大队开会时不光收了手机,队长杨鹰还给全队一百零五名学员分了班级,两个宿舍一个班,多出来的林蔚然在大家的起哄下分到了宋祁的班里。男生当时的极力反对被认为是不好意思,就这样,宋祁无奈地成为林蔚然的班长。

"我警告你,虽然你是女生,但我绝对不会放松对你的管理!"分完班宋祁就给林蔚然来了个下马威。

哼,和XB-70成为同班同学也是她的不幸好吗?

林蔚然不想跟宋祁争辩,好在开学时认识的乔以桐也和她一个班,这让林蔚然的心情稍稍好了一些。

第一次训练从站军姿开始,这是所有学员的基本功,也是最枯燥的练习。

收腹提臀,手贴裤缝线,然后就这样静静地晒太阳,林蔚然这个好动少女没站一会儿就要被逼疯了。

而且九月的天真是热啊……

为什么要练这种傻里傻气的站立……是在玩"一二三木头人"吗……

林蔚然心里好像有无数个小人儿在抓挠,明晃晃的太阳在她头顶,烤红薯一样晒得她头晕。

于是,本来就不是那么想好好练习的少女一会儿跟教官打报告要喝水,一会儿说自己受不了了,而教官看她是个女孩,也不做过多要求,每次都开恩让她自己休息。

在林蔚然第三次打报告请求休整后,站在她旁边的宋祁终于受不了了,男生趁教官走到另一边,从牙缝里狠狠地挤出几个字:"你能不能别整这么多事?"

"要你管,我是真的很累。而且这个又不考试,你站那么好干吗?"虽然是得到教官许可后的休整,但在队列里少女也不敢大声说话,她扭扭腰动动脚,偏头看宋祁,发现男生额上的汗都快流到眼睛里去了,"你不难受吗?"

男生不搭腔,少女瞟了他一眼,又瞟了他一眼,实在忍不住想快速帮他把汗擦掉,结果手臂刚抬起,就听到旁边一声吼。

"动什么动?"

这不是教官的声音,但熟悉的语调让林蔚然身体一震,少女立刻笔直站好,余光看到军训教官一路小跑来到队伍边上,不知道对谁敬了个礼。

很快,背着手的蓝色身影出现在林蔚然的视野里。

那个身影走到队伍正前方再一转身,熟悉的面孔清晰无比地映在了林蔚然的眸子里。

不是吧!林蔚然悲伤地翻了个白眼,预感接下来的日子一定会更加难过——面前的男子正是面试时刁难她的那位军官!

"我,是你们的教导员金辰。我虽然晚来了两天,但保证接下来的每一天,都不会缺席。请你们做好掉一层皮的准备!"

那我可能要掉两层吧?唉,就知道不该来这个学校。林蔚然郁闷地在心里叹了口气。

「第三章」 魔鬼教官请慢走

她原以为很多事是殊途同归的，只要达成目的，过程根本无所谓。只是，此刻她突然意识到，一个坦荡、问心无愧的过程往往比光鲜亮丽的结局重要得多。

1

痛不欲生的军训生活好不容易过去了半个月,而这段日子,林蔚然俨然成了全队的吊车尾。

因为做任何事都要偷懒,她在宋祁嘴里的外号已经从 B-70 变成了林懒懒。她的被子叠得像花卷,出早操时总是要磨叽到最后一秒钟才出现,在队列里的时候像个多动症儿童,教官每天几乎要说八百遍"林蔚然别动""林蔚然把背挺直""林蔚然眼睛别乱瞟"……

班级成员被点名的次数太多,宋祁这个班长当然也有责任,他好多次被林蔚然气得几乎要送医务室。在他看来,这样不上进、烂泥扶不上墙的林蔚然和第一次在复试大院里见到的那个意气风发的女生好像根本不是一个人。因此,宋祁常常嘲讽林蔚然其实就是个花架子,迟早要被飞行队淘汰。而第一次见面就结下梁子的金辰,更是不放过任何一次当众羞辱她的机会。

好在,林蔚然的内心足够强大,而且,身为全队一百多号人里唯一的女生,总是有些特权的。教官杨鹰就经常对她的偷懒睁一只眼闭一只眼,集合吃饭的时候,杨鹰还会像疼爱闺女的老父亲一样,避开所有人的视线偷偷给林蔚然的餐盘里加个鸡腿什么的。

不过,同样吊车尾的乔以桐就没这么幸运了。

乔以桐做什么都很认真,却依然在很多方面表现得不尽如人意,最明显的就是体能训练完全跟不上大家的节奏。他一跑起步来就脸色惨白,速度和林蔚然不相上下,最后两圈经常只能走着完成。

同样是乔以桐的班长的宋祁自然非常恼火,为了班级的成绩,每天吃完晚饭的自由活动时间,他都拉着乔以桐在学校后山跑台阶。又直又长的台阶,乔以桐一定要跑到汗流浃背才能停下。

训练效果自然是有的,至少以前乔以桐跑不完的全程现在能跑完了,但重负荷的训练,好像也逼近了乔以桐的极限,导致他白天

休息的间隙都在打瞌睡，跟林蔚然说话也有气无力的。这种状态让林蔚然很担心，她决定去找宋祁谈一谈。

"我觉得你让乔以桐每天疯狂训练的思路根本就不可行！"一天晚点名后，林蔚然在岗哨亭处拦下要去金辰办公室的宋祁，"你没看到他现在的状态吗？你的做法太简单粗暴了！他需要的是循序渐进地打实基础。"

"循序渐进？军训完就要考核，考不过算你的吗？"

"不是还有补考吗？"

"补考？"宋祁感觉林蔚然在讲一个天大的笑话，嘲讽地笑道，"我看你不好好训练也是抱着可以补考的想法吧？林同学，请牢记这不是你一个人的事，这关系到全队的合格率。你见过哪届飞行队的新训考核还有人不过关的？如果能做到百分之一百，就绝对不要百分之九十九，这是我的人生信条，也应该是每一个优秀飞行员的信条！"

晚点名后是大家的自由活动时间，大队里吵吵嚷嚷，此时却被两人的争执吸引了目光。因为男生的浴室和宿舍分离，男生们要洗漱只能端着脸盆在走廊上穿行，有些人穿得有些"清凉"，远远看到林蔚然便抱头鼠窜，很是滑稽。

还有一个小时熄灯，宋祁急着去找金辰，懒得跟林蔚然继续扯。然而，他刚一转身，就被林蔚然拽住了衣袖。

林蔚然从岗哨亭里的凳子上猛地起身："如果能做到百分之百当然最好，问题是……"

话还没说完，一道大力袭来，林蔚然的肩膀突然被摁住推回岗哨亭。这猝不及防的一推，令林蔚然下意识拖着手里的衣袖朝自己的方向拉，而这一连串动作的结果便是：林蔚然一屁股坐回了凳子上，背脊狠狠磕到桌边，宋祁则被拽倒在她身上，与此同时，两个

人还扶着肩、拉着手。

林蔚然向后仰倒的瞬间,余光看到两个只穿着内裤的男生甩着毛巾在走廊里大剌剌跑过的身影。她的脸"腾"地一下红了,不知道是因为看到了不该看到的画面,还是因为此刻和某个人离得太近。

"有女生的飞行队实在是太不好管理了!"像触电一样,宋祁立刻从林蔚然身上弹了起来,他偏头皱眉,恨恨地指着门外,"现在是洗漱时间,赶紧回去,乔以桐的事我知道了!"

这一次,两人的意见出奇地一致,林蔚然半点儿反驳都没有,绕过宋祁,快步走出大队门。一直来到主楼台阶处,憋在胸口的那口气才呼了出来,然后,她捂着红彤彤的脸颊跑下了楼梯。

2

那天的乌龙事件,好像并没有其他人知道,林蔚然和宋祁自然也默契地绝口不提。不过,宋祁似乎也对他的方法有所反思,没再逼乔以桐多练。

只是,随着军训进入尾声,乔以桐反倒自己跟自己较起劲来,依然每天自发地去学校后山爬台阶。

而这果然引发了问题。

乔以桐中暑晕倒是在全队最后一次打靶训练上。靶场建在学校特地开辟的一块荒地上,为了安全起见,四周没有任何遮挡物,而这天恰好是近日来最闷热的一天。大家匍匐在晒得滚烫的地上,手里举着三公斤重的步枪,一遍遍眯眼瞄准百米之外的人形靶,盯得久了,连一向活蹦乱跳的林蔚然都有些蔫儿。

林蔚然想过要溜的,但是……哎,也只能想想罢了。

她最近几次找理由请假,宋祁都毫不留情地把她列在不合格人员名单里,而后金辰便在晚点名会上把她的名字在全队面前念了出

第三章 魔鬼教官请慢走

来，顺带讽刺两句。

虽然不在乎成绩，但她不要面子的吗？气死了！

林蔚然暗自吐槽的时候，不远处的乔以桐的枪突然从沙袋上滑落，人也跟着栽倒。这变故把旁边的同学吓得大叫，宋祁和林蔚然听到动静，不约而同地跑了过来。宋祁拉起乔以桐，林蔚然则狠掐他的人中和虎口。

还在指导其他学员的教官也发现了情况，看到大家围着不省人事的乔以桐，他立刻对等在靶场边的司机招手大喊，让他赶紧把车开过来送乔以桐去校医院。

宋祁背着乔以桐上了车，林蔚然顾不得征求教官的许可，也挤了上去。

"喂，你跟着干什么？"被挤到一边的宋祁很是不满，"想偷懒想疯了吧？连这种机会都不放过？"

"我关心战友不行吗？你思想怎么那么龌龊？"林蔚然懒得理宋祁，看向前面，"司机班长，可以走了。"

"你说谁龌龊？"宋祁越过乔以桐怒视林蔚然，几乎要把眼珠瞪出来。

之前掐人中都没醒的乔以桐在两人争执间醒了过来，见他幽幽转醒，分坐在两边的宋祁和林蔚然立刻像什么都没发生一样，同时闭了嘴。

校医院里，医生给乔以桐开了藿香正气水，还让他打一针生理盐水。被送到病房后，宋祁见乔以桐情况好转才放下心来，出去给匆匆上车没带水壶的三人买水，林蔚然则留在医院陪乔以桐打针。

病房里有八张床，此时都空荡荡的，乔以桐半坐在靠窗的病床上，左手打着吊针，林蔚然坐在他对面，迷彩帽歪歪斜斜地扣在头上。

"身体素质不行就慢慢来，每天练练练！都练到医院来了！"

林蔚然帮忙拧着藿香正气水的瓶盖,明明想要安慰的话出口却变成了责怪。

"只是这段时间累一点儿而已。"乔以桐脸上渐渐有了血色,"过几天军训结束就是体能考核了,十公里环校跑这个项目我还一次都没有及格过。"

"不及格就不及格,有什么大不了的。"

"很丢人啊……"

十公里环校跑是每年飞行学院男生新训考核的传统项目,也是最重头的项目,每周林蔚然所在的飞行队都会组织两次练习。由于女生不用考,所以这也是唯一林蔚然可以不用请假就逃掉的训练。

林蔚然思索着慢慢走到床尾,把瓶盖扔进垃圾桶,又走回床头朝乔以桐递过棕色小瓶,眼睛突然亮了亮:"我有办法帮你及格!"

"什么办法?"

林蔚然卖关子似的握拳在嘴边咳了一声:"这个嘛……以后再告诉你,你现在好好休养,快喝!"

"我现在也只能好好休养啊,"乔以桐苦笑,他接过小瓶凑到嘴边,然后迅速拉远,"呀,这是什么味儿啊!"

"快喝!这个解暑最有效了!"

"不不不,我觉得我这会儿好多了……喂喂喂!"

根本就不容乔以桐拒绝,林蔚然直接抓住乔以桐的手,把瓶子送到他的嘴边,脸上写满"你要敢不喝我就灌你"的邪恶表情,着实像女恶霸在欺负小男生。

正当两个人为一瓶藿香正气水展开拉锯战时,宋祁拎着一袋水走了进来。

"班长!救我!"乔以桐发出绝望的呼唤。

林蔚然恶狠狠地回过头,刚想警告宋祁不要坏自己的事,宋祁

已经几步上前用力掰开乔以桐的嘴巴。

"良药苦口利于病,别磨叽!"

3

乔以桐中暑的几天后,新生军训终于结束,而为期两天的考核也来了。

第一天是队列和打靶考核,"多动症儿童"林蔚然没掉链子,她所在的飞行十三大队整体表现也不错,晚上金辰少见地表扬了大家,并鼓励所有人明天的体能考核再接再厉。

被寄予这么大的期望,乔以桐担心得一晚上睡不着觉。第二天下午的十公里环校跑要开始时,乔以桐挂着大大的黑眼圈找到林蔚然:"你说会让我及格的,没问题吧?"

"没问题!"林蔚然信誓旦旦地保证。

飞行学院很大,总体形状是个椭圆。所谓的十公里环校跑,只要绕着学校跑将近三圈就够了,而林蔚然所说的方法就是跑到第三圈时,直接抄近道,从学校围起来的那个小山处横插到终点附近,然后神不知鬼不觉地像其他人一样通过终点。

乔以桐跑完两圈已经落在最后,在一个拐弯处,他被蹲守在那里的林蔚然直接拉进树林,然后少女带着他狂奔起来。

"这样是不是不太好?"跟在少女身后的乔以桐步伐飘忽。

"别管那么多,我们只是预支下这次的成绩,大不了以后努力练习就是了!"

宁静的午后,草被裤腿蹚过的声音和少年少女的呼吸声都很清晰。横躺在学校中间的小山不高,只要穿过去就接近终点了,而林蔚然也保证她会好好掩护,绝对不会让人发现他没跑完全程。尽管如此,乔以桐默默跑了一会儿,还是停下脚步:"但我……我总觉

得……这……这是骗人。"

听到身后没有脚步声传来的林蔚然转身,看到乔以桐喘着粗气站在一片杂草里,急得直跺脚:"那不然呢,你要回去吗?只差几百米我们就到那边的路口了,然后马上就可以过终点了!"

少年擦了一把额上的汗,决绝地转身:"对,我要回去。"

"你疯了吗?那样及不了格的!"

"但那才是我真实的成绩。"

"你你你!"林蔚然看着乔以桐渐渐远离的背影,知道他已经做出了自己的选择。

少女站在原地叉着腰叹气。她原以为很多事是殊途同归的,只要达成目的,过程根本无所谓。只是,此刻她突然意识到,一个坦荡、问心无愧的过程往往比光鲜亮丽的结局重要得多。

这件事,是她错了。

落后乔以桐许多的林蔚然又追了上去,她准备陪乔以桐跑完最后这一圈,即使最后依然不会及格。

让林蔚然万万没想到的是,她刚追着乔以桐跑出小树林回到大道上,便遇到了反向走来的金辰。

剑眉星目的男人手里拿着全队的花名册。他应该是在最后一圈开始的时候,就一个个地查所有人的情况,没想到走到这里,看到唯一没有被他找到的学员从山上下来,而且身后还跟着林蔚然。

金辰的脸色瞬间转黑,怒火几乎要从胸膛里喷薄而出。眼看他要发难,林蔚然抢先一步挡在乔以桐前面:"是我提出带乔以桐抄近道的,但是他并不愿意,所以我们原路返回了。"

"这个时候还要逞英雄。"金辰冷笑,"很光荣吗?"

"不是……"林蔚然着急地想要辩解。

"我带过那么多学员,从没有人打过这个算盘。你们是不是觉

第三章 魔鬼教官请慢走

得自己很聪明,能想到这个办法?"金辰的声音很低,听得出来,这是暴风雨的前奏。

"不是的,是因为我觉得自己很差劲,才……"乔以桐惭愧得头都要埋进胸口了。

"住嘴!"摔花名册的声音和吼声一同响起,"林蔚然的点子是吧?行,你归队,这十公里让林蔚然替你重新跑一遍!"

少年慌乱地抬头,他正想求情,身边的少女已重重答了一声"好",然后军姿站直,脚掌擦地向左转,但刚迈出一步又被金辰喝住。

"你脖子上戴的是什么?"

林蔚然条件反射地摸了一下脖子,顿时在心里暗道不好。林羽生送的那个礼物,林蔚然还是戴上了。

进入飞行学院后,一切都变得有规有矩,除了剪短发、交手机,任何人都不得佩戴饰品也是明文规定的。

林蔚然心里很清楚这一点,但还是把这条链子藏在衣服里,每天小心翼翼地戴着。她原以为今天是男生的项目,没她什么事,所以穿圆领的体能训练服时也没取下来,没想到唯一的一次偷懒居然就出了岔子。

林蔚然忐忑地握了下拳头,这是她第一次希望金辰能温柔点儿,也像杨鹰那般对她睁一只眼闭一只眼:"只是一条链子而已。"

"交出来。"

"金教导,我下次不会戴了,真的。"林蔚然转身,捂着脖子,连语气都变得不一样了。

乔以桐也发现林蔚然的变化,赶紧跟着她一起求情。

金辰板着脸,伸出手:"在我这里,任何人都没有下一次,就算你这条链子值几万,也必须交出来。"

男人伸手的姿势和当初指着门让林蔚然离开的样子如出一辙,

地上的花名册被风吹得刺啦作响。乔以桐低下头,林蔚然则盯着金辰,终于,她将手指慢慢移向链子。

4

校园里,一个女生混在男生中奔跑的身影格外醒目。一批批进行十公里考核的新生经过林蔚然身边时,都会充满好奇地回头看她。林蔚然顶着万众瞩目的视线咬牙皱眉,一圈接一圈,步履也从一开始的平稳变得凌乱。

林蔚然从来没跑过这么长的距离,此前,哪怕是三公里跑她都是能躲就躲。但今天不一样,她已经连累了乔以桐,不能再出岔子了。

夏风干涩,太阳光晃得人眼都睁不开,浑身被汗浸湿的林蔚然在离终点还有半圈的时候停下,她感觉自己实在撑不下去了。她喘着粗气弯下腰,默默地看着脚下灰色的水泥路,泪水开始一颗一颗地坠落。

不是因为她累,而是因为胸口空荡荡的,那条链子没了。

林羽生的礼物、老爸的照片,这确实不是什么贵重的东西,她甚至不愿意承认自己很在意,但事实上,她难过得不得了。

进入飞行学院这段日子,有很多难熬的时刻,剪掉长发、无法和朋友与家人联系、每天进行枯燥又辛苦的训练、莫名其妙地被室友疏远……可不管多么难熬,每天晚上躺在床上的时候,她摸摸那颗吊坠,都会偷偷地想这样的日子老爸是不是也经历过,今天去的地方老爸是不是也走过,而他……是不是正通过那颗吊坠在另一个世界心疼着她。

可是现在,她又一次把老爸弄丢了。

一张纸巾递到林蔚然面前,她下意识地接过擤了下鼻涕,再抬起头时,看到一个陌生的男生。

男生戴着鸭舌帽,鼻梁上架着银色镜面的蛤蟆镜,面部轮廓完美无瑕,却又有种亲切的感觉。

被这样帅气的男孩子看到自己最狼狈的样子,林蔚然自己都有点儿不好意思,她扬扬手里的纸巾,准备赶紧离开:"谢啦。"

"等一下,"见林蔚然要走,男生赶紧喊住她,"我其实是想问问你飞行十三大队怎么走。"

"飞行十三大队?你是?"林蔚然的心里"咯噔"一下。

"哦,我是飞行十三大队的学员,因为有事没参加这个月的军训。我叫时瑾,时机的时,秋瑾的瑾。"时瑾拿下鼻梁上的眼镜,和一脸难以置信的林蔚然对视时,友好地笑了笑,"我知道你,你是今年唯一的女飞林蔚然吧?"

林蔚然摸摸脸,看看衣服,又转过身检查背后有没有被贴纸条,最后十分确定自己身上没有写"林蔚然"三个字。但她很快就知晓了自己第一次见面就被时瑾认出的原因。

"我走了一路,也听了一路,大家都在说新招的那个女飞被罚跑步罚哭的新闻。"

不是吧!这样的说法……未免……也太丢人了吧!林蔚然完全忘了疲惫和难过,此刻只想抱着头尖叫。

跟着林蔚然走到终点并完成十公里惩罚的时瑾,很快就从少女嘴里知道了她哭的真正原因。男生没说什么安慰的话,反倒摊摊手表示这没有什么大不了的,如果真的很想要那个吊坠,就去拿回来好了。

"怎么拿?"

"当然是偷啊!"他说得那么坦然。很明显,这是个比林蔚然还不按常理出牌的人。

一天的体能考核全部结束,新生时瑾的到来得到了杨鹰和金辰

的热烈欢迎，至此，飞行十三大队一百零六人才全员到齐。最后来的时瑾被安排进大队最后面的空房间，因为没有舍友，四人间宿舍变成他的单人间，而这也为晚上的偷吊坠行动提供了巨大的方便。

是的，他告诉林蔚然今天晚上就行动。

时瑾说做事就要一鼓作气、趁热打铁。队长和教导员的办公室兼宿舍就在大队里，他了解到金辰不值班的时候不会在大队里住，而这周恰好是杨鹰值班。

所以，只要等熄灯后大家都躺下，他再偷摸进入金辰的房间，找到吊坠就可以了。不过，据说金辰会随手锁门，所以只能通过另一个途径进入他的屋子——窗户。

因为今天是军训正式结束的日子，所以熄灯比平时晚了半个小时。熄灯后，林蔚然裹着迷彩服躺在床上等啊等，眼看快到和时瑾约定的十二点了，才悄悄爬起来。虽然一切动作都很轻，但窸窸窣窣穿鞋的响动还是让一向睡眠很浅的吴梦醒了过来。

"烦死了。"对面床上的人重重踢着毛毯翻了个身。

这大概是下意识的反应，但林蔚然的心还是揪了一下。军训这段时间，室友们对她依然冷冰冰的，她很多次主动示好，却好像没有任何效果。到底自己做错了什么？

林蔚然放慢动作，然后像猫一样轻轻踮着脚尖打开门走了出去，直到出了宿舍楼，才放开步子奔跑起来。

凉爽的夜晚，星光璀璨。校园里一个人都没有。

今天白天发生的事让乔以桐很自责，宋祁在愤怒之余也警告她不要再做违反规定的事。夜里私自潜入教官的宿舍……这当然是严重违纪，林蔚然自己都不知道为什么刚被教训还要冒险，相信一个认识不到一天的男生。

可能有些人天生就不太好接近，譬如宋祁，而有些人天生就容

易让人产生好感,譬如此时已经躲在楼外角落里等她的时瑾。

看到时瑾,林蔚然也没什么好犹豫的了,搞不好,这方法真能行呢?

少女一溜小跑来到他旁边,两个人靠着墙根绕到金辰那间房间的窗户底下。因为天热,窗户开了一条小缝,时瑾看了看周围,确定没什么动静,轻手轻脚地推开了窗户,让林蔚然踩着他的手进入房间,自己再撑着窗沿爬进去。

做这一切的时候,林蔚然心跳得格外快,好在一切都很顺利。

借着那点点月光,两人一进房间就开始翻找,桌面、抽屉、床头柜,甚至连金辰的衣橱都翻了,却始终没见吊坠的影子。

"可能是带回家了。"时瑾把书桌上的钢笔摆回原来的位置。

"哎……可能吧。"林蔚然也从金辰的床前站起,声音有些沮丧,"不管怎么样,今天谢谢你。"

"都没帮到你。"时瑾看了下地板,确认两人没留下脚印,"不过,你为什么那么紧张那个吊坠?有什么特殊意义吗?"

房间里有一瞬间的静默。时瑾意识到林蔚然可能不想说,准备将话题转移开:"队里——"

"里面有我爸的照片。"

这次轮到时瑾静默了,原来是她的父亲啊……男生想起入学前外公和他说的话,安慰地拍拍少女的肩:"放心,以后我再帮你想办法拿回来!"

朦胧的月光下,男生的侧脸露出好看的轮廓,眉毛微挑,显得自信满满。林蔚然仰头看他,觉得这一整天的丧气换来一个这样的朋友也算值得。

两人原路返回,这次是时瑾先跳了出去,林蔚然站在窗台上,将手放在他的掌心,正准备跳,突然发现楼外花坛右侧有光束晃

一晃,而且越来越亮。

两人心领神会。林蔚然再也顾不上害怕,直接从窗台跳下,脚刚着地就被时瑾拉着手朝左边狂奔。其实无论跑得多快都已经避之不及,那一晃一晃的手电筒光已经照到了正在跑远的时瑾和林蔚然身上,两个纠察一边喊着"站住"一边朝他们追过去。

林蔚然无比庆幸她这个月有练体能,她和时瑾自然比戴着钢盔、穿着皮鞋的纠察跑得快得多。跑到图书馆大楼的拐角处,林蔚然终于听不到纠察的喊叫声了。

摆脱危险的林蔚然和时瑾瘫坐在地上,都有种劫后余生的舒畅。少女呼哧呼哧地喘气,然后朝时瑾举起手掌,男生心有灵犀,笑着和她击了个掌。

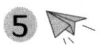

第二天是休息日,也是正式上课前最后的闲暇时光。

因为担心昨晚的行动吵到了大家,林蔚然吃完早饭便顺路给室友们一人买了罐酸奶。刚回宿舍,宋祁就来电让她过去开会,等了半天没等到吴梦她们回来的林蔚然只能匆匆把酸奶放在大家的书桌上,然后跑去了大队。

大家端着小马扎进入活动室,趁队长和教导还没到,每个人都兴高采烈地讨论即将开始的学习生涯。睡眠不足的林蔚然坐在最后一排,撑着脸,眼皮直打架。乔以桐坐在林蔚然旁边,也一脸无精打采的样子。他是这届飞行学院唯一一个环校跑没及格的,要补考不说,还害林蔚然受罚,这令他愧疚不已。

过了不久,杨鹰和金辰拿着本子走进活动室,坐在正前方的桌前,所有人立刻老老实实地收声。

这次早会总结了军训的情况:满意的地方、不满意的地方、大

家需要继续努力的地方，金辰还想点名批评林蔚然，结果"林"字刚说出口就被杨鹰剧烈的咳嗽打断。金辰有些不满地看了他一眼，杨鹰则趁机宣布进入下一个议题——选大队干部。

选队干部其实也没什么悬念，以前是班长的继续当各班班长，除了在军训里表现格外优秀的宋祁——他被认命担任学员队连长，原先的班长职务由班里其他人顶上。

新上任的宋连长向所有人敬礼，大家也很捧场地热烈鼓掌。

"至于学员队指导员，我和金教导商量过了，"杨鹰指了指旁边的金辰，"决定让时瑾担任。"

时瑾是谁？很快，坐在底下的男生们开始窃窃私语。毕竟他才刚来一天，很多人对这个名字还很陌生。

宋祁算是为数不多的记住时瑾的人，但这不过是因为昨天看到有个穿着便装的男生和林蔚然一同进入大队，所以多看了两眼。此时，他有些不满：让一个缺席了军训的人当学员队指导员，是不是太轻率了？这样想着，宋祁不赞同地看向和他坐对角线的时瑾。

杨鹰早就料到大家的反应，他让时瑾起立转身面对大家："因为时瑾缺课一个月，大家对他不是很熟，正好，我给大家介绍一下。"

男生站在大家面前，接受所有人好奇的目光，他虽见惯大场面，但还是摸着鼻梁，稍稍有点儿不好意思。

"你们现在还是预备飞行员，而时瑾其实早就是飞行员了。他在美国念高中的时候就拿到了美国的飞行执照，飞行时间有一百个小时以上……"

有人发出小小的赞叹声。

"时瑾不仅拿到了飞行执照，在滑翔伞和跳伞方面也非常有经验。他这次晚来，是为了参加一个国际滑翔伞比赛。因此，我和教导员一致决定让时瑾担任学员队指导员，希望大家支持他的工作。"

这回,没人觉得让一个新生当队干部不合理了,不少人眼睛里甚至有了明显的崇拜。不过这些人里并不包括宋祁,他百无聊赖地用手指在政治学习本上"弹钢琴",看起来有些不以为意。

杨鹰还在颇为得意地介绍时瑾,一旁金辰的手机突然响了。

"什么?翻窗?"

金辰一脸愣怔地拿着手机走了出去,刚坐下的时瑾一个激灵,差点儿从凳子上滑了下去。而原本一直打着瞌睡的林蔚然迷迷糊糊听到翻窗二字,也顿时睡意全无,把旁边的乔以桐吓了一跳。

看了看金辰的背影,杨鹰微微皱眉,决定结束早会,最后不忘给将要真正开始大学生活的大家以祝福和鼓励:"这四年里,会有无数困难等待着大家,如果我们不能一一把它们击垮,就会被它们打败。我希望四年后,今天坐在这里的一百零六个人,哦,加我和金教导是一百零八个人,一个都不少!"

"好!"被队长慷慨激昂的话语打动的男生们大声回道。

林蔚然没说话,她很理智地用手撑着下巴。飞行队的淘汰率之高她不是不知道,虽然在座的人都是层层选拔出来的,但最后能成为天空战鹰的人还是少数。说不定,她就是最先离开的那个。

6

周一,第一学年的课程正式开始。

课表看起来非常无聊——理论课和普通大学一样,全是必修的基础课程,跟飞行相关的理论一个都没有。不过,体能训练方面,除了军训时的那些项目,还加了飞行员的必练科目:旋梯、固滚和单双杠体操。

对此,本来就担心十公里补考的乔以桐简直要崩溃了。

第一次上旋梯时,不少之前军训表现还不错的男生连十圈都转

第三章 魔鬼教官请慢走

不了,被训练员从器械上拉下来之后,有的晕晕乎乎的,走两步便一头栽到沙坑里。乔以桐就更别提了,他连自己转动旋梯都很困难,需要林蔚然在旁边偷偷推一把才行。

林蔚然对这些训练倒是早就见怪不怪了,小的时候去老爸单位玩,被老爸带到训练场,她就拿这些玩意儿当玩具了。因此,她练了几次就掌握了要领,然后便没了兴趣,除了偶尔帮一下乔以桐,其他时间几乎都在打酱油。

飞行学院全封闭的生活对闲不住的林蔚然来说实在是太枯燥了,军训结束之后这一点并没有好转,好在,手机终于还回来了!林蔚然在学校里没什么特别好的朋友,想找江茹,可对方似乎总是很忙,所以她的闲暇时间几乎都在玩手游、泡论坛,上课时则趴在课桌上神游天外。

对此,新官上任的连长宋祁自然是很不爽,他看不惯林蔚然吊儿郎当的做派,更无法忍受她一团糟的作业,时常忍不住发火。林蔚然倒也不生气,永远一副无所谓的样子——她知道宋祁是视荣誉为生命,不允许任何人拖他后腿的那种人。很可惜,她一开始就是抱着拖后腿的念头来的。算他倒霉!

林蔚然的军校生活就这样不咸不淡地往前推进,直到一个月后的周五,总算是有了点儿小波澜。

"这周末可以请假外出了!"午饭时,乔以桐在食堂里欢呼道,然后很快又丧气起来,"好想出去啊,可是我要补考十公里……"

"哼!要不是军训刚结束就出了个翻窗事件,金教导也不会禁假一个月啊!也不知道是谁闲着没事儿干,让我逮到,一屁股把他坐扁。"坐在林蔚然对面的是同班男生谢壮壮,正恨恨地向嘴里塞着牛肉。壮硕的身躯和惊人的大胃王体质正是他这个外号的由来——军训的时候他几乎每顿饭都吃不饱,全靠林蔚然投食才撑了

下来,也因此和林蔚然成了朋友。

林蔚然原本在啃馒头,吓得浑身一哆嗦,差点儿把自己噎到。翻窗事件虽然没抓到真凶,但可以确定金辰的房间被人翻过,这可把他气得够呛,怪值班员没提醒他关窗户,还强行扯到大队管理的问题上,并因此禁了所有人一个月的外出。

全队上下苦不堪言,对于传说中"夜探虎穴"的"双子神偷"自然也非常不满。

双子神偷……林蔚然低下头默默翻了个白眼,希望有朝一日事情如果败露,自己不会被同学们吊起来示众……

"想啥呢?好不容易解禁了,你要请假出去吗?"乔以桐用胳膊肘撞了下神游天外的林蔚然。

林蔚然一激灵,抬起头。她倒是想出去,女生们一起逛逛街,哪怕什么也不买,也是开心的。可队里就只有她一个女生,唯一的朋友江茹从入学开始就忙得不见人影,据说这个周末还要去图书馆画图交大作业。至于室友……想到这儿林蔚然又有些黯然。那天早晨买给大家的酸奶,最后都原封不动地出现在垃圾桶里。

她终于确定自己是被室友们集体讨厌了,原因到底是什么呢?她问过乔以桐。乔以桐挠着脑袋想了半天,觉得是女生之间的嫉妒。作为这届唯一的女飞,林蔚然永远是众人目光的焦点,所以才招致她们的不满。

有什么好嫉妒的呢?自己其实压根儿不想来啊。林蔚然无奈地叹了口气。

此时,《樱桃小丸子》的铃声适时地响起,即便是在人声嘈杂的饭堂也显得格外突兀。林蔚然手忙脚乱地接了电话,然后,乔以桐和谢壮壮惊奇地看到少女原本黯淡的眸光慢慢变亮,耷拉着的嘴角慢慢上扬。

挂了电话，林蔚然豪迈地把筷子拍到了餐盘上，把乔以桐吓了一跳。

刚才来电的是林蔚然在游戏论坛上认识的一位朋友，而真正让少女如此兴奋的则是他转达的那个消息：曾令林蔚然痴迷的那款游戏的全服第一高手，周日要来江芜市开见面会了。

「第四章」阳光下的那些少年

虽然她现在还不够强大,所有人都可以来踩一脚,但从今往后,她绝不允许别人伤害自己的朋友。

1

其实,现在的林蔚然已经没有那么喜欢玩游戏了——虽然那款游戏曾在她最灰暗的岁月里给了她满满的慰藉。不过,曾经在游戏里结识的那些网友依然是她很好的朋友。朋友们知道她在江芜上学,特意拜托她去见面会拍几张照片,而她也想借机见见曾经非常仰慕的那位游戏高手。

不过,即便是周末,要外出的话还是要请假的。林蔚然跟宋祁磨了半天,才让他答应给队领导递交请假条。林蔚然满心期待地等着,只是,没多久,一盆冷水就浇了下来。

"金教导不批。"宋祁面无表情地把假条扔了回来。

"凭什么?"林蔚然叉着腰,很不服气。

"你表现不好呗,早上一下雨就不出早操,走队列掉队,上课犯困。"宋祁翻了个白眼,"嗯,这是金教导的原话。不过,换我是教导员也不给你批假。我说,你是不是压根儿就不想当飞行员?那你费这么大的劲考进来图什么?"

"要你管!"少女气呼呼地哼了一声,转身便走了。

自己和金辰上辈子到底是有多大的仇啊?为什么他永远看自己不顺眼?林蔚然边走边看着手里"领导意见"那栏写着"不予批准"的假条,越想越来气。

不过,没走出去多远,她便平静了下来。既然不能光明正大地出去,那……她就偷偷溜出去呗!

对于这种事儿,林蔚然的行动力向来惊人。经过用心考察和策划,一个完美的计划逐渐在脑海里成型。周末那天,她在迷彩服里穿上自己的长袖和长裤,用上课用的迷彩提包装着白色帆布鞋。早饭后一小时,她带着乔以桐出现在已经关门的一号食堂附近。

据她观察,一号食堂是最适合翻出学校的地点。它地处学校边

第四章 阳光下的那些少年

缘的一个顶角处,背靠学校外的山和树林,侧面的墙只有一人多高,很多次飞行队带队来吃饭时,林蔚然都能听到墙外小摩托"呜呜"跑过的声音。

确定附近没有其他人,两人赶紧找了几块砖头在墙底下摞起来。林蔚然踩着砖头先将迷彩包扔到墙那边,然后靠着乔以桐在下面托了一把,轻松翻了过去。

整个过程如行云流水,顺利得不可思议。

落在一地落叶和苔藓上的林蔚然拍着手掌,心里松了口气。终于自由啦!

"没事儿吧?"墙那边的乔以桐紧张地问道。

"没事儿!这边地面高一点儿,回来时我可以自己爬上去!"

乔以桐听到墙那边有窸窸窣窣的拍包抖衣服的声音,确定林蔚然无恙也就放心了。他赶紧把刚才摞起的砖头扔到一边,再起身的时候,心里突然"咯噔"一下。

是宋祁,旁边还站着谢壮壮,两个人手里抬着一筐落叶。此时,谢壮壮脸上的表情跟呆滞了一样。

被发现了吗?乔以桐赶紧把脏兮兮的手藏到背后,脑袋飞速运转:宋祁应该没看到林蔚然,那么他只要解释一下自己为何出现在这里就行了。

"乔以桐,我走了啊!下午的十公里补考要加油哦!"墙那边的蠢队友已经用行动告诉他不必麻烦了。

于是,乔以桐的表情瞬间也向谢壮壮看齐了。

按照宋祁的性格,逮到这种事儿,必然是要借题发挥的。然而,他只是笑了笑,什么都没说,便和谢壮壮抬着那筐树叶朝墙尽头的小型垃圾车走去。

什么情况?

乔以桐愣了愣，咬咬牙追上去："连长，林蔚然这事儿……"

宋祁头都不回，语气平静："你别掺和了，交金教导决定。"

"不用把事情闹得这么大吧……"

"报告金教导就叫把事闹大？林蔚然这张脸全校谁不认识？万一被其他人发现她不假外出，影响岂不是更不好？"

乔以桐跟宋祁叨叨了一路，奈何对方就是软硬不吃。

"你干吗老针对林蔚然？人家一个女孩子，你就不能让着点儿她吗？"乔以桐忍无可忍，提高了音量。

"我什么时候针对林蔚然了？我这是秉公处理！你不要胡说八道……喂，我还没说完呢！"看着乔以桐气呼呼远去的背影，宋祁忍不住嚷嚷道，连自己都没觉察到此时激动得有些反常。

"连长，你……"谢壮壮看着他的样子，若有所思。

"看什么看？回队！"意识到失态，宋祁有些尴尬地转过头去。

气哼哼的乔以桐跑回大队的时候一直低着头，在擦肩而过的时候不小心撞了一下前方的时瑾，草草道了声抱歉便溜了。时瑾愣愣地看着他的背影，一扭头又看到嘴里正嘀嘀咕咕的宋祁。

被任命为指导员之后，他和宋祁搭档管理飞行队一个多月了，两个人各司其职，虽然没什么私交，明面上还算和睦。

"怎么了？"时瑾揉着肩头走过去。

"林蔚然刚刚翻墙外出。"宋祁皱着眉头，"我准备跟金教导通报。"

时瑾愣了一下，见谢壮壮此时拿着筐子去了杂物室，便出声叫住宋祁。

"只是小事，我觉得没必要烦金教导吧。"时瑾微笑着说道。

平时在大队管理上，两人就算心里各有主意，也不会这么直接地表达不同意见，这是第一次。是因为林蔚然吧？不知道为什么，

看到时瑾温和的笑容，宋祁此时反而觉得格外不爽。

"那你给我一个更好的选择？"宋祁挑了挑眉，不再掩饰自己的不满。

"给我个面子，最多一个小时，我让林蔚然回学校。"

"做不到怎么办？"

时瑾从左臂撕下臂章，自信满满地递了过来："我引咎辞职。"

"那看你的了。"宋祁没接臂章，径直绕过时瑾，走进楼里。

两个少年擦身而过时，站在旁边"吃瓜"的谢壮壮仿佛看见有电流"刺啦刺啦"地在其间流动。优秀的人，连生气都这么帅气啊！谢壮壮万分感慨地叹了口气，走到时瑾面前："指导，你这么有把握喊回林蔚然啊？"

"一点儿把握都没有啊，所以，你有什么线索吗？"时瑾笑着耸了耸肩。

于是，谢壮壮更感慨了。优秀的人，居然连虚张声势都这么帅气。

时瑾给林蔚然打了几个电话，和意料中一样，不接电话。

还好，谢壮壮提供了重要信息，他告诉时瑾，林蔚然似乎是要去什么游戏达人的见面会。信息虽少，但对时瑾来说已经够用了。

互联网是万能的，几分钟之后他便确定了林蔚然的目的地，然后，便大刺刺地杀了过去。

因为要保护林蔚然，他不能透露自己外出的目的，因为不能透露外出的目的，他也没办法请假，因为没办法请假，嗯，他也选择了翻墙。

半个小时后，他果然在数码广场逮到了林蔚然。

找到她的时候，少女戴着帽子和墨镜，拎着鼓囊囊的迷彩包，

正一脸兴奋地和几个女孩子聊天。时瑾摇了摇头，径直走过去。

穿着蓝色迷彩的帅气少年刚出现在林蔚然身后，立刻引来一阵尖叫。林蔚然转过头，看到了时瑾。

军装少年是很帅啦，但也不至于尖叫吧？林蔚然觉得丢人，食指贴着嘴唇，示意这群认识没多久的朋友不要丢人现眼。

"呀，时瑾，你今天也请假了啊？"因为心虚，林蔚然的惊讶慢了半拍，"请假"二字也显得有些欲盖弥彰。

"没有啊。"时瑾笑得意味深长。

"啊？那你怎么出来的？"林蔚然明知故问道。

"翻出来的呀，跟你一样。"

"啊？你说什么？你怎么可以……"林蔚然决定死撑到底。

"行了，别装了。我是来带你回去的。"时瑾抓住林蔚然的胳膊，"走吧，不然事情就闹大了。"

林蔚然的笑容终于定在脸上，三秒钟之后，换上哀求的表情："可是我还没有看到我的偶像，能不能等我要个签名？"

时瑾哪里还听她啰唆，抱歉地对旁边的几个女生敬了个礼，接过林蔚然的迷彩包，然后猝不及防地来了一招锁喉术，直接把她拖走了。

看到有人当街绑人，林蔚然的朋友们倒是一点儿危机感都没有，反倒在心里感叹：哇，连"绑架"都这么帅！

长得好看就可以绑人吗？你们这帮花痴！脖子被牢牢箍在时瑾胸口的林蔚然拼命咳嗽，远程朝那群女生翻着白眼。

两人上了出租车一路狂飙，到了那面围墙外面，林蔚然丧气地推开后座的车门。

在车上就已经认命地穿好了迷彩服和鞋，在时瑾的帮助下，她一下便翻上了墙头。

第四章
阳光下的那些少年

不过,历史的悲剧再次重演,倒霉少女骑在墙头,左看看右看看,正做着往下跳的心理准备……

"喂!你们两个干吗呢?"一辆军车突然在路边急刹车,车里有人喊道。

林蔚然吓得一激灵,下意识地跳了下去,在地上翻滚了半圈才停下来。

等她爬起来,刚想喊时瑾,便听到墙那边有人说话,好像是在请示领导:"那个女生要抓吗?"

完了,战友已经"牺牲"了,要保存实力!几乎是条件反射般,林蔚然捂着摔痛的脚一跳一跳地赶紧逃离,却不知道对方原本就没打算抓她。

回到宿舍楼的林蔚然既茫然又内疚,不知道时瑾这会儿怎么样了。满腹心事的她跟丢了魂一样,直到脚底一软,才发现楼前的水泥地上有一床被子,很眼熟。她走近一点儿,才发现摊开的一角上有自己缝上的名字。

林蔚然抱起自己的被子,被子背面被地上的水洇湿,晚上肯定没法盖了。

这是什么情况?自己的被子又没拿出来晒,好好的在床上,怎么会出现在这里?不用说,一定是有人扔在这儿的。

是自己的室友吗?过去这段日子,她们莫名其妙地明里暗里排挤自己也就算了,现在这算怎么回事儿?准备正式交战了吗?

原本就很烦躁的林蔚然终于忍无可忍,她抱着被子回到宿舍,宿舍里却一个人都没有。想立刻要一个解释的林蔚然直接抱着被子向机械系其他宿舍找去,终于,在二楼楼梯口见到了吴梦等人。

吴梦她们提着一些吃的正要下楼,江茹和其他几个女生在一边。

看到抱着被子上来的林蔚然,吴梦、王慧、李晓冰三人对视了

一眼,停下步子。

"这是怎么回事?"林蔚然没管江茹,直接看向她们三人。

王慧挑了挑眉:"今天我们队长来检查内务,你的被子最差,队长让我们丢出去。"

"我又不是你们学院的,你们检查内务跟我有什么关系?"林蔚然努力压抑着怒气。

王慧偏过头去,不跟她对视。

林蔚然又将视线转到另外两人身上,她们显然也没有要接话的意思。

气氛僵持了片刻,林蔚然深吸一口气,决定将事情挑明:"老实说,我真的不明白到底哪里惹到你们了。晚上我一回来你们就要熄灯睡觉,我训练很累中午想休息的时候,你们又吵吵闹闹说要画图交作业。说好一人一天小值日,但宿舍里的垃圾总是要攒到我值日的那天才丢。现在又扔我的被子!所以,你们到底想干吗?直接说清楚!"

虽然这段时间一直在忍让,但那只是因为林蔚然不想把事情闹大,不代表她是那种可以任人欺负的女生。相反,在过去的十多年成长岁月里,她更多的是以天不怕地不怕的"小霸王"姿态出现在同学们面前的。所以,此时终于动怒的她,看起来甚至有些凶,以至于旁边的江茹拉了拉她,劝她别太激动。

然而,已经决定不再努力维持表面的和平的林蔚然哪里听得进去。她摆了摆手,江茹还在小声劝着,有些不耐烦的林蔚然下意识地一甩胳膊。

然而就是这样一个不经意的动作,令重心不稳的江茹脚底踩空,直接从楼梯上滚了下去。

这一变故让所有人都猝不及防。直到江茹滚落了几级楼梯,林

蔚然才反应过来,她刚要冲下去,机械系的几个女生已经一把将她推开。她们一起把江茹扶起来,而此时江茹的腿上已经有了明显的血迹。

"你真是恶毒!"吴梦搀着江茹离开时,斜着眼看林蔚然,咬牙切齿。

林蔚然眼里只有江茹满膝盖的血,站在原地不知所措。江茹是被自己推下去的吗?可她感觉自己并没有用多大的力。

回过神之后,林蔚然想去看看江茹,然而机械系的女生却不许她靠近,三位室友回宿舍之后甚至把门在里面反锁。林蔚然在门外站了一会儿,感觉憋了一肚子话,最后却什么都没说,抱着被子飞一样地跑出了楼。

被几乎所有人一起排挤,这是林蔚然长这么大从未经历过的事。所以,这就是成长吗?林蔚然自嘲地笑了笑。

第二天,出早操的时候林蔚然知道了时瑾被关禁闭的消息。乔以桐告诉她,本来金教导只打算让时瑾抄几遍条例的,是时瑾主动要求按规定关禁闭。得知这件事,队里的男生有敬他是条汉子的,也有的说他脑子有病。

林蔚然心里五味杂陈。时瑾被关禁闭,江茹受伤,所有的事都因她而起,可她好像什么都做不了。

当然,即便她什么都不做,也不代表麻烦不会继续找上门。

几天后,学院里开始流传起关于林蔚然的流言蜚语,虽然嚼舌根这种事一般会背着当事人,林蔚然还是隐约听到了一些,大意是说她目中无人,欺负外院的女生。至于详情,林蔚然向乔以桐和谢壮壮打听过,然而每次他们都打哈哈,劝她不必在意。

林蔚然第一次真正直面那些流言,是某天中午在食堂吃饭的时候。

吵吵嚷嚷的食堂里,林蔚然和乔以桐相对而坐,因为知道林蔚然心情不佳,乔以桐一直努力讲着难笑的笑话。这时,几个机械学院的男生端着餐盘大剌剌地在不远处坐下,他们显然没注意到林蔚然,一就座便开始肆无忌惮地八卦起来。

"也不知道飞行学院今年招的那个女飞嘚瑟个什么劲儿,真以为全校的人都要让着她?一个小学员就端着天之骄子的架子,能不能成飞行员还不一定呢!"

"五年就招这么一个女生,飞行学院可不得当宝贝一样供着!"

戏谑的笑声不间断地飘过来,乔以桐的表情也越来越阴郁,刚要起身,林蔚然一把拽住他的右手腕:"算了。"

然而,对方显然还没有尽兴。

"有什么了不起的,还不是靠挤掉别人的名额?听说咱们系的江茹招飞时每项分数都比她高,最后为什么录取的是她?还不知道背后搞了什么小动作呢!我呸!"

"够了!"乔以桐终于忍无可忍,他猛地起身,甩开林蔚然的手,几步走了过去。

刚刚还在口沫四溅的机械系男生愣了愣,还没来得及开口,乔以桐已经一拳打了过来。

挨揍的男生惨叫一声,其他几个人则反应过来,立刻将乔以桐围了起来,战火迅速点燃。

"喂,别动手啊!住手!"林蔚然急忙冲过去拉架,瘦小的她却一直被隔离在战局之外,只能干着急。

食堂里此时已经乱成一团,看着正在被围殴,表情却前所未有地凶狠的乔以桐,林蔚然都快急哭了。还好,没多久,几个高年级学长跑了过来,几下便把众人拉开。

第四章 阳光下的那些少年

"他有病,莫名其妙地就打我一拳!"被拉开的机械系男生仍然愤愤不平。

乔以桐冷哼一声,没有说话。

几个人多多少少都挂了些彩,而乔以桐显然是伤得最严重的:身上的春秋常服破了,领带被扯掉了,眼眶已经肿了,嘴角还有些血迹。这样狼狈却又凶狠的样子,实在很难让人把他和平日里那个唯唯诺诺的男生联系起来。林蔚然下意识地想数落他几句,最终却什么都没说出口,只能火急火燎地带他去医务室。

两个学院的学生在食堂打群架的事让校领导震怒,勒令飞行学院和机械自动化学院开展大整顿。整顿会上,印堂发黑的金辰气得差点儿掀了桌子。

"没一个让人省心的!不假翻墙外出,聚众打架……你们是什么人?是军人!是要成为国家脊梁的人!我们今年是招了一群痞子吗?今后要是再发生类似的事,直接停飞,退学!"

即便是金辰,也很少发这么大的脾气。此时,偌大的礼堂里,一百多号人低着头,大气都不敢出。连喜欢当和事佬的杨鹰也面色阴沉,没有说话。

"批斗"完当然还得追究责任,乔以桐也被关了禁闭。

说起来,最近禁闭室也是热闹,时瑾还没出来,乔以桐又进去了。两个人并肩面对一面白墙,一个抄纪律条令,一个写检查,真是难兄难弟。

林蔚然没有受处分,只是狠狠挨了金辰的一顿白眼。会后,愧疚不安的她想去看时瑾和乔以桐,掌管禁闭室钥匙的宋祁却劈头就把她骂了一顿。

"你能不能多把心思放在学习和训练上?"宋祁皱着眉,"他们是关禁闭,又不是休病假,有什么好看的?再说了,他们究竟为

什么被关禁闭,你心里没数吗?害别人害得还不够吗?"

面对宋祁的训斥,林蔚然罕见地没有反驳,默默听完,驼着背怏怏地走了。

"你……"看着她失魂落魄的背影,宋祁又是一阵气恼。

无法去看望时瑾和乔以桐,不想回宿舍看室友们的冷脸,更不想去上课,林蔚然漫无目的地走在校园里,阳光强烈,晒得她睁不开眼,只能垂头丧气地看着自己的影子。此时的她,连影子都显得那么虚弱。

此前的十多年人生里,她从来没有经历过这样无力的日子,一切是从什么时候开始改变的呢?大概,就是从爸爸出事之后吧。这件事冲击太大,似乎让她从骨子里变成了一个灰暗的人,然后,好像就什么事都不对了。

她真的不想把别人的生活搅得一团糟,但好像有一种不可抗的力量,一直把她推到风口浪尖。而曾经永远自信满满的她,好像已经没有能力和信心来解决这些棘手的问题了。

林蔚然下意识地摸了摸胸口,然后后知后觉地反应过来,项链已经不在了。

"丫头,你踩到我的草了。"一个戴着草帽的老头儿不知从哪里冒了出来,手里的小铲子指着林蔚然的脚。

林蔚然愣了一下,赶紧往后跳开。原来,刚刚自己失魂落魄,竟不知不觉走到学校角落的一个花圃里来了。

"走路都不专心啊,"老头儿看起来是园丁打扮,他从花圃里跳出来,细细地把小苗朝里面挪了挪,"脑子里想啥呢?"

林蔚然有些不好意思,也蹲下来帮忙:"没什么……"

"失恋啦?"

"啊?没有没有!"林蔚然摆摆手,"其实也没什么大不了的。"

第四章 阳光下的那些少年

"你这么想就对啰！人生不如意十有八九，其实都没什么大不了的。你看我，一个糟老头子，也没什么别的爱好，每天养养花种种草，就觉得很满足。女孩子啊，还是该多笑笑！"老头儿夸张地用两只手把自己的嘴角往两边扯了扯。

林蔚然也被逗笑了，拍了拍手，站起身来。

"我姓陈，可以喊我老陈。以后要是不开心啊，就来这儿找我玩儿，我教你种花！"老陈取下头顶的帽子扇了扇风，冲林蔚然眨了眨眼睛。

"好！一言为定！"不知道为什么，跟着老陈摆弄了一会儿花草，林蔚然感觉心情也没那么沉重了。

和老陈道别之后，林蔚然小跑着走了。看着她的背影，老头儿手里摇草帽的动作渐渐慢了下来。此时，一个穿着笔挺军装的士官小碎步跑到他面前："首……"

"嘘！"老头儿赶紧制止他说下去。

直到林蔚然走远，他才挺直腰杆问道："怎么了？"

"红姑姑打电话来，说她最近几天联系不上她儿子。她问，是不是，嗯，是不是……"小士官显然有些紧张，犹豫了半天，心一横牙一咬，道，"是不是您在中间使了坏？"

"这是什么话？我又没逼那小子翻墙，也没逼他关禁闭，关我什么事？"老头儿说完又跳进花圃，嘟囔着拿起小铲子继续收拾他的花草，警卫员站在花圃外面一脸无语。话是这么说，但当时坐在车上吩咐抓人的可是您老人家啊……

两天后，时瑾被从禁闭室放了出来。站在门口伸了个懒腰，少年感觉身心舒畅，忍不住长出了口气，简直不像是被关禁闭，而是

做了一个小时的按摩。放下胳膊,他便看到不远处的宋祁和他身后的林蔚然。

林蔚然手里抱着一堆零食,堆起来几乎比她的脑袋还高,看起来有些滑稽。

宋祁收回门上的钥匙,忍不住翻了个白眼:"神经病,买这么多吃的。搞得好像谁不给他们饭吃一样!"

今天一早,还没吃早饭,林蔚然就追在他屁股后面说时瑾的禁闭时间到了,赶紧放人。回想起来,他还是有些不爽。

"要你管!"林蔚然瞪了他一眼。

还好,知道顶嘴,看起来精神好些了。宋祁心里想着,鼻子里哼了一声,从两人旁边绕过:"我怎么管得了惹祸精?你们慢慢叙旧吧!"

林蔚然朝宋祁的背影挥了挥拳头,突然感觉怀里一轻,原来是时瑾拿了一瓶果汁,仰头就喝,看起来心情不错的样子。

本来还在内疚的林蔚然,看到少年好像永远云淡风轻的模样,也觉得轻松了些。

"听乔以桐说,有别院的男生欺负你?"时瑾突然想起什么,问道。

"哦……那些胡话,我没放在心上。"

时瑾拧着瓶盖,不赞同地摇头,道:"放在心上也没事。作为全校近五年唯一的女飞,你本来就了不起啊,哪怕真的嚣张些,也没关系。"

"我没有嚣张……"林蔚然低下头。

"我知道啊。"时瑾用饮料瓶捅了捅林蔚然的脸颊,"我的意思是,不用觉得自己做错了,或是亏欠任何人。被怼了,就怼回去,大不了关禁闭呗!"

第四章
阳光下的那些少年

被怼了就怼回去,这倒很符合林蔚然从前的性格,至于现在……她看了一眼禁闭室紧紧关闭的铁门,乔以桐还在里面。

虽然她现在还不够强大,所有人都可以来踩一脚,但从今往后,她绝不允许别人伤害自己的朋友。

随着时瑾和乔以桐先后从禁闭室出来,飞行队全员终于迎来入校之后的第一次飞行体验。即便是对于功课和训练一直表现得兴趣寥寥的林蔚然,也不免有些小小的兴奋与期待。

一大早,大家便集体出发去机场,由时瑾带队——虽然被关了禁闭,但他指导员的职务并没有被解除,而和宋祁的那个约定,也因为林蔚然按时回来而宣告终结。

紧邻学校的机场停机坪上,落着几架教练机,蓝色机翼配上灰白色机身,看起来威武神气。

大家都一脸兴奋,杨鹰和飞行员们打过招呼后,开始领着学员一批批上飞机。林蔚然他们班是最后一个班,而杨鹰也顺势坐进了最后一架教练机机舱。

发动机的嗡鸣逐渐变得刺耳,一阵猛烈的震颤之后,飞机结束了滑行,陡然升空。

"哇!好酷啊!"坐在机舱里,乔以桐一会儿看看大大小小的仪表盘,一会儿看看窗外的天空,一扫这段时间低落的心情。

一旁的谢壮壮小声嘀咕:"感觉操作好复杂的样子……课本上真的都有教过吗?"

林蔚然也是第一次进驾驶舱,她坐在两个男生旁边,也观察着这些仪表盘。

是的,她确信这些内容课本上都教过,当然,那并非她记忆的主要来源。

"这几个是高度表、空速表、罗盘,那个写着0到6数字的是

升降速度表,指针指向零时是在水平飞行,指针向上扬是在上升,你看现在就是上扬……"

林蔚然下意识地解释道,丝毫没有察觉到其他人正投来异样的目光。

直到下飞机时,她和杨鹰一前一后走在最后,对方轻轻拍了拍她的肩,说她天生就是当飞行员的料。

"不过就是比别人早看了一些书而已。"林蔚然不好意思地摸了摸头。

"只有真正喜欢飞行的人,才会去看那些枯燥乏味的理论书。"杨鹰说完停顿了片刻,再开口时语气里含着不易察觉的叹息,"你的父亲也是这样的人。"

男生们已经走远,正兴奋地跑去和乘坐其他教练机的同学们交流感受,林蔚然还站在旋梯上。

她回头看了一眼这位一直帮助她、包容她的队长,一时之间有很多话想问,却又不知从何问起。

他认识老爸吗?

她的老爸,在别人眼里是个什么样的人呢?

她的老爸……

林蔚然垂下的眼皮底下突然出现两块巧克力,她抬头,杨鹰看了眼不远处正傻乎乎地讨论飞行感受的男学员,直接把巧克力塞进她的手里:"赶紧拿着,我就两块儿,别被那帮兔崽子看到了。"

掌心带着温度的巧克力包装上写着"飞行员专供",看起来有些新奇,但对林蔚然来说并不陌生。之前,老爸每次回家都会给她和林羽生带一些这样的巧克力,不怎么甜,甚至比一般巧克力要苦,却是兄妹俩当年最喜欢的零食。那时,偏心的老爸也会趁林羽生不注意,偷偷给林蔚然多塞几块。

第四章
阳光下的那些少年

感觉眼眶热热的,林蔚然赶紧用手背蹭了蹭眼睛,绕开了前方的人群。

5

一天的飞行体验结束了,林蔚然感觉收获颇多,心情也好了一些。走进宿舍楼时,江茹正巧从楼梯上下来。这是她俩半个月以来第一次见面,之前,每次林蔚然去找江茹,都会被其他女生拦下,而发过去的短信也一直没有回应。

林蔚然看到江茹的膝盖上还贴着纱布,心里无比愧疚。她赶紧迎上去,想起兜里的巧克力,把两块都拿了出来:"喏,这个是我们队长给的,我也很久没吃过了,你尝尝看!"

"飞行员专供?"江茹挑了挑眉。

"是呀,补充热量用的,用的可可比超市里卖的要纯。你尝尝……"林蔚然并没有注意到江茹的表情,直接把两块巧克力都递了过去。

"不用了!"林蔚然的手被重重挥开,两块巧克力直直飞了出去,落在地上,又滑出好远。

林蔚然怔愣地看着好友,此时的江茹看起来如此陌生,她阴沉着脸,甚至有些狰狞,和从前那个温暖爱笑的少女简直判若两人。

"飞行员专供的巧克力,我有什么资格吃?"江茹看着林蔚然,嘴唇微微颤抖,"从入学开始,我一直躲着你,你还不明白吗?林蔚然,我真的不想再跟你扮好姐妹了,你怎么就是不懂呢?"

"可是,为……为……"林蔚然的表情有些茫然,看起来有些可怜。

"为什么?你问为什么?"江茹笑了,笑得有些歇斯底里,"问你自己啊!你做了什么?当你把唯一的名额从我手里抢走的时候,

我们就再也不可能是朋友了！"

江茹猛然提高音量，吸引了不少人从各自的宿舍走出来，其中也包括林蔚然的三个舍友。

大家都冷冷地看着林蔚然，充满敌意的视线如针一般从四面八方扎进林蔚然的心里。

原来，是这样。那么，好像，一切都解释得通了。

在飞行学院和江茹重逢，对林蔚然来说当然是意外之喜，哪怕之后的日子里江茹总是"很忙"，两人相处的机会少之又少。

对于江茹的异样，林蔚然并不是全无觉察，她只是本能地不愿猜忌自己的朋友，并且，天性大刺刺的她，也的确不擅长处理那些细腻的小情绪。

所以，江茹一直认为是她使了什么卑劣的手段抢走了她的名额？而室友们毫无道理的针对，大概也是由此而来吧？问题是，她自己也不知道为什么被录取的会是她！问题是，她压根儿不想来这个鬼地方！

"江茹……"林蔚然下意识地想说什么，最终还是选择了闭嘴。

此时，女生们厌恶的眼神就像有重量一样，压得她喘不过气来，而江茹站在她们中间，看起来别无二致。这是她曾经最好的朋友，也是在给予她温暖拥抱时说"不管你如何选择，我都支持你，我们永远是最好的朋友"的那个人。

有些东西，崩塌的时候大概是悄无声息的，真正发现的时候，便只剩断壁残垣。

林蔚然低下头，往前走了几步，弯腰捡起那两块巧克力。已经碎了，但她还是小心地装进口袋。

然后，她回到宿舍，开始收拾书桌，打包铺盖。走廊尽头有一间闲置的杂物间，她决定搬过去。

吴梦等人也回来了,见她在收拾东西,谁也没过来问一句,仿佛压根儿没看到一样。

打包洗漱用品的时候,林蔚然看到镜子里的自己眼眶有些红,她努力弯起嘴角,给了自己一个笑脸。生活归根结底是自己的,她不需要别人喜欢。

6

临近年底,还有不到两个月期末考试就要来了。最近,飞行大队的学习任务越来越紧张,课程变难,训练量加大,金辰更是变身"人工探头",恨不得二十四小时盯着大家。

众人叫苦不迭的时候,林蔚然依然习惯性地抓住一切机会偷懒,也因此被宋祁当众数落了很多次,导致她每次给妈妈和林羽生打电话的时候几乎都是在吐槽。

乔以桐更惨,体能训练完不成的他已经被训练教员列为重点观察对象。而且,因为经常拖大家后腿,同学们嘴里不说,心里多少还是有些微词的,金辰每周五开会时也要点他的名。

眼看着乔以桐越来越消沉,林蔚然心里着急,但也只能每次训练时跟在他身后喊加油。直到一次五公里跑,乔以桐又落在最后一个,林蔚然看不下去过来陪跑时,男生竟然很罕见地冲她发火了。

"你能不能不要跟着我了?"乔以桐皱着眉大声吼道,然后扭头继续吃力地往前跑。

林蔚然愣愣地站在原地,有些不知所措。时瑾注意到这边的情况,从跑道对面跑过来。

他身上的训练服已经全部被汗浸湿,正大口喘着粗气,看了看乔以桐的背影,又看了看林蔚然,刚要开口,女生便摆了摆手,小跑着离开了操场。

和乔以桐发生冲突,是林蔚然此前从未想过的事,何况,她觉得自己完全出于好心,不明白对方是哪根筋搭错了。

两人因此冷战了好几天,谢壮壮努力调解,结果是乔以桐干脆连谢壮壮也不搭理了。

林蔚然又郁闷又生气,这天,一个人在校园里溜达的时候,再次遇到了园丁老陈。

这回,老陈没有在摆弄花草,而是悠闲地坐在花圃前的马路牙子上,看着列队跑步的学员们从他身前经过。

林蔚然犹豫了一下,在他身边坐下。

"咋了这是?每次见你都愁眉苦脸的。"老陈笑道。

林蔚然捧着脸,无精打采地看着远处:"是啊,因为一件值得开心的事儿都没有。其实……我是被家里人逼着来上学的。结果,来了之后发现,队领导对我有成见,室友排挤我,至于朋友……一个怀疑我,一个根本不需要我的帮助。"

"怎么会完全没有开心的事呢?只是你的心,"老陈指了指自己的胸口,"选择性地忽略了而已。就像手里拿着一束玫瑰,你却只看到上面的刺。"

林蔚然坐直了身体。

"被逼着来上学?如果你真的打心里排斥,一天也待不下来,不会留到现在。领导对你有成见?那你有没有想过自己的原因呢?领导又不是吃饱了撑的。至于朋友,本来就是这样,来来去去,不必强求。"

老陈叽里咕噜地说了一大堆,虽然有些啰唆,但神奇的是林蔚然的确觉得好受多了,忍不住竖起大拇指:"我觉得您不应该当园丁,应该当心理辅导员,大家一定会排着队来找您谈心!不过,有一点您真的说错了,我确实不愿意留在这里,只是顾及家人的感受,

想以最自然的方式离开。"

正说着,兜里的手机振动起来。林蔚然掏出来,看到是乔以桐的来电,犹豫了片刻,那边便挂断了。

"哈哈,啥辅导员?我就是随口胡诌。我要回家吃饭啦,你呢?"老陈笑着从马路牙子上站起来,拍了拍裤子上的土。

林蔚然偏头想了想,道:"我决定找朋友和解!"

"那祝你好运啦!"老陈爽朗地笑道,说着将手里的草帽戴在头顶。

那家伙,主动打电话过来,应该也是想和好吧?哼,那就不跟他计较好了!

林蔚然回到飞行大队,兴冲冲地钻进乔以桐的宿舍,却只看到谢壮壮。

此时,这个身形壮硕的男生正坐在桌前,哭得一抽一抽的,看起来有些滑稽。

"呃……你这是什么情况?"

谢壮壮抬起头,反而哭得更大声了:"乔……乔以桐跟队长请了假,刚刚拖着行李回家了。"

"啊?回家就回家呗,他最近状态确实不好,回家休息休息也好,你至于哭成这样吗?"林蔚然忍不住笑道。谢壮壮素来有着与外形不符的多愁善感,不过今天这也太夸张了。

"不是,他还跟队长提出了转专业申请……已经批了!"

林蔚然的笑容僵在了脸上。

转专业?虽然体能在队里一直吊车尾,但乔以桐当初也是在全国那么多飞行员考生里经过一轮又一轮的选拔,削尖了脑袋才挤进来的。

为了最初的梦想,他一直苦苦坚持,吃了那么多苦,这么快就

要放弃了吗？

"他走了多久？"

"也就几分钟吧……喂，你干吗？"

林蔚然扭头便冲出宿舍，在走廊里不小心撞到宋祁，宋祁训斥的话还没说出口，她已经一溜烟地消失在拐角。

跑出大队门，跑出大楼，跑到离学院正门不远的地方，前方依然没有乔以桐的影子。林蔚然终于停下，弯下腰大口喘着粗气，掏出手机想打电话把乔以桐臭骂一顿，却发现他不知何时给自己发了一条短信。

那是很长的一段话，有道歉，有解释，有期待，也有祝愿。

其实，我选择飞行员这个专业是误打误撞，没想到会被录取。但既然被录取了，就要朝着优秀飞行员的方向努力啊！可你也看到了，不管我多努力，都达不到既定的目标，反而会拖累你们。所以，我到底该怎么办？是自欺欺人，还是转身退出？我想了很久，可能最好的结局便是看着我的朋友们变成我曾经想要成为的样子吧？我选择了换专业，希望以后能成为你们最棒的助手，依然在蓝天事业中相遇。谢谢你，蔚然，我已经想明白了，不必劝我了。倒是你，看得出来，你其实是喜欢飞行的，希望你好好努力，期待我以后能成为你的领航员！

林蔚然坐在烈日底下，满头大汗，却忍不住颤抖。她不知道该怎么回复。

出身于军人家庭，她从小就知道，不管有任何理由，逃兵永远是不光荣的。可她无法责怪乔以桐，他的确已经拼尽全力，倒是她自己……好像每个人都说她其实是喜欢飞行的，对于这样的断言，她无从逃避，却始终不想回应。

加油吧，乔以桐！

犹豫许久,林蔚然只回复了一个微笑的表情。

7

乔以桐递交停飞申请的事在第二天就传遍了全队,虽然能够理解,大家还是有些唏嘘。

还记得,杨鹰第一天上课时说过希望四年后全队所有人一个都不少,没想到这个愿望这么快就成了泡影。

低沉的气氛里,大家终于迎来了来江芜之后的第一个冬天,鹅毛大雪极其梦幻地下了几天之后,银装素裹的学院便成为全校学员的噩梦——所有人停课铲雪,还要把雪堆码成像城墙一样的雕塑品。许多人为了比拼"手艺",还在自己的卫生区做了其他雪雕,大家都笑说自从来了飞行学院,每个人都被环境改造得无所不能。

除了扫雪,还有一件棘手的事需要面对,那便是期末考试。为了应付考试,大家根本不用金辰监督了,每天晚上学习室的灯都要亮到天明。

林蔚然当然不会熬夜复习,不过因为杂物间没装暖气,着凉的她得了重感冒。又因为心情低落,状态一直不佳,整个考试周她都过得浑浑噩噩,好像在梦游一样。

最后一门思修考试结束后,林蔚然吸着鼻子回到大队,刚进门就看到班里那帮提前交卷的男生正拥着宋祁笑笑闹闹,连谢壮壮也在里面。

林蔚然这段时间没少挨宋祁的教育,见到他总有一种想逃跑的冲动,况且这次考试又考得一塌糊涂……她刚想开溜,谢壮壮已经高声喊住了她。

"蔚然!宋祁说要请全班吃饭呢!明天就放寒假了,一起聚个餐呗?"

已经转过身的林蔚然懊恼地翻了个白眼,摆了摆手:"让连长请客,这怎么好意思呢!"

"有什么不好意思的?宋祁是本学期的优秀学员,有奖金呢!"谢壮壮继续毫无眼力见儿地嚷嚷。

"咳咳,一起去吧,大家聚一聚。"宋祁也开口说道,语气显得有些不自然。

然而,神经大条的林蔚然并没有注意到宋祁的别扭,而是被"优秀学员"几个字吸引了所有的注意力。

推举优秀学员的事儿,早在期末考之前杨鹰就已经通知大家了。大家基本上投的不是宋祁就是时瑾,结果两人票数完全一致,哪怕后来临时加入杨鹰和金辰,也还是一人一票。所以,最后怎么就定了宋祁了呢?

心直口快的林蔚然忍不住直接问道:"我记得时瑾和宋祁是平票啊,后来是怎么定的?"

宋祁微微一愣,此时,旁边的一个男生看着她解释道:"指导员弃权了。"

弃权?时瑾为什么要弃权?说起来,已经好几天没见到他了。不会是……想到乔以桐的事,林蔚然心里"咯噔"一下,跟大家摆了摆手,推掉了聚餐。

看着她的背影,宋祁条件反射般皱了皱眉,装作不以为意的样子,心里却微微有些失落。

林蔚然跑进时瑾宿舍时,他正在收拾书桌。见她进来,时瑾笑了笑,顺手把桌上的牛奶递过去。林蔚然接过牛奶,单刀直入:"你想干什么?"

"嗯?"

"你不会是也想要……"林蔚然顿了顿,紧张地说,"不会是

也想要转专业吧?"

"想什么呢?怎么可能?"看她紧张的样子,时瑾被逗乐了,敲了敲她的脑袋。

"那为什么要放弃荣誉?你是不是在美国读书读傻了?"林蔚然不满地皱着眉,"是因为上次关禁闭吗?"

"不是。你别多想。"时瑾摇了摇头。

"那是?"

"总之我有我的原因,你就别问那么多了。"时瑾不以为意地耸了耸肩。

看他这副样子,林蔚然便觉得气不打一处来。自己这帮朋友到底是怎么了?一个想放弃飞行梦,一个要放弃到手的荣誉,还无比默契地不让她插手。自己这个被逼着来飞行学院的人还好好的呢,他们一个一个的是闹哪样?

"不管就不管!"把手里的牛奶扔了回去,林蔚然气呼呼地跑开了。

第五章 最美不过苍山雪

说一个人刻苦、努力也许只是客气，但"有天赋"却是一种极高的评价。因为刻苦是一种主动选择，而天赋却是与生俱来的东西，有就是有，没有的人，再努力也不会得到。只是，再有天赋又怎样呢……

1

寒假在家乡的初雪中到来。南方小城的冬天冷得不算刺骨，只有薄薄的一层雪，不过半天就化了。

林蔚然回家之后，每天都会去家里的小面馆帮忙。这一回，无论是老妈还是林羽生都没阻止她——半年没见，家人也想和她多相处相处。

店里的客人对林蔚然在飞行学院的生活很感兴趣，总是问个不停，林蔚然则回答得很是敷衍。看着她无精打采的样子，林羽生有些忧虑，开始怀疑当初坚持让她去飞行学院究竟是不是一个正确的选择。

因为不想让哥哥和妈妈担心，对于在学校遭遇的打击，林蔚然很少提及，但情绪是无法伪装的。因为心情不佳，这个寒假，她彻彻底底地放空了自己，每天看着大家在朋友圈发四处旅游的动态，却连点赞的兴致都没有。直到寒假的后半段，林蔚然迎来了自己十九岁的生日。

林蔚然的生日，在林家原本应该是个大日子，只是今年家里少了一个人，注定冷清许多。

清晨，林蔚然迷迷糊糊地醒来，从枕头底下摸出手机，睡眼惺忪地看着屏幕上那条短信。不，她一定还没醒，不然怎么会在发件人那里看到宋祁的名字？

不，的确是宋祁，屏幕上孤零零的"生日快乐"四个字和他的人一样高冷，结尾连标点符号都没有。可是，发信时间是00:00……

平日里永远对她板着张脸的连长大人，会特地等到零点祝她生日快乐？而且，他怎么知道今天是自己的生日？

林蔚然想了想，刚开学的时候登记过个人信息，好像就是宋祁

第五章 最美不过苍山雪

负责的……算了，不想了，林蔚然摇摇头跳下床，把手机扔到一边。反正过了这么久才看到消息，不回复应该也没事吧？而且，宋祁应该也不在乎。

从冰箱里拿出牛奶和鸡蛋，吃完早饭，她像平常一样打扫了屋子。临近中午，林蔚然收拾好一切准备去面馆时，突然接到快递员的电话。

她有些疑惑地跑下楼，然后从快递员手里接过两个包裹：一个超大，一个超小。

坐在客厅，林蔚然拿着剪刀拆包裹，上一次这么做还是半年前林羽生给她买了一堆准备带去学校的生活用品的时候。

超大的那个是乔以桐寄来的。

乔以桐请假离校之后，一直在家里健身增肌。健身教练配的营养餐寡淡无味，偶尔和林蔚然聊天时，他总是忍不住念叨："好馋好馋，我要馋死了。"

所以，这个箱子里满满的全都是零食，林蔚然无语地翻了翻：薯片、辣条、巧克力，全都是乔以桐爱吃的东西。这家伙，其实是自个儿想吃吧？

超小的那个包裹里是一个文件袋，上面的寄件人名字已经被蹭得模糊不清了。林蔚然撕开封口，从里面掏出一张贺卡，贺卡上有龙飞凤舞的一串英文名，别人认不出来，林蔚然却再熟悉不过。

正是她最崇拜的那位游戏高手的签名！她当时不惜翻墙离开学校，就是为了要他的签名！

会是哪个天使宝宝寄来的生日礼物呢？真是太贴心了！

林蔚然捧着贺卡手舞足蹈，在脑海里把所有可能给她寄签名的朋友过了一遍，又给游戏论坛里那些好友发了消息，奇怪的是没一个人承认。

算了,不管了,开心就好!

2

揣着难得的好心情去了面馆,直到晚上打烊,林蔚然都在轻松地哼着歌。

帮她过完生日,回到家,没多久,林羽生拿着一个饼干盒走进她的卧室。

那只饼干盒看起来很老了,掉了许多漆,露出下面银色的铁皮。迎着林蔚然疑惑的眼神,林羽生笑了笑,将盒子里的东西一件一件摊了出来。

好老好旧的气息。

回忆的气息。

老爸的气息。

这是老爸的私藏,老爸过世之后,林羽生收拾遗物时发现了它。他当时没给林蔚然看是怕她难过,而现在,他觉得最应该看看里面的东西的人就是林蔚然。

世界好像突然变得安静,连空气都有了重量。

林蔚然愣了愣,拿起最上面的一沓纸,纸张微微泛黄,上面的字是用蓝色墨水笔写的——这是老爸在飞行学院的成绩单。这一沓纸记载了老爸大学四年所有的成绩,林蔚然翻了翻,看到后面老师的评语:**这是个刻苦、努力、有天赋的学生。**

说一个人刻苦、努力,也许只是客气,但"有天赋"却是一种极高的评价。因为刻苦是一种主动选择,而天赋却是与生俱来的东西,有就是有,没有的人,再努力也不会得到。

只是,再有天赋又怎样……

林蔚然心里戚戚。除了优异的成绩单,盒子里还有获奖证书、

荣誉勋章、新闻报道,如今看来,这些都成了巨大的讽刺。

最下面是一本相册,林蔚然刚翻开就看到一张大合照,几十个青年排成几排,穿着蓝色的飞行服,在阳光下笑得一脸璀璨。

林羽生指了指最边上的位置,说:"老爸在这儿,那时候他可真帅。"

林蔚然点了点头,当然,在她心里,谁都没有老爸帅气。她下意识地用手轻抚着照片,指尖慢慢划过,然后在一个地方停住。

那是一张棱角分明的脸。那个人站在老爸的后排,一只手随意地搭在老爸的肩上,另一只手恶作剧似的在老爸的脑后比着兔耳朵,明明剑眉鹰目,却笑得一脸灿烂。

那是金辰。

"怎么了?"注意到林蔚然的异样,林羽生问道。

"没事。"林蔚然回过神来,合上了相册。

两个人聊了一会儿,林羽生心疼地叮嘱林蔚然不要想太多,好好享受学校的生活,如果实在是不开心……再考虑回来也无妨。林蔚然心里惦记着金辰的事,嗯嗯啊啊地应着,林羽生一走,她立刻拿起手机给乔以桐发微信。

"东西吃了吗?好吃吗?"这是乔以桐开口的第一句话。

林蔚然腹诽:果然是他自己馋了!

"别惦记着吃了,我发现了一个大秘密!金辰和我爸居然是飞行学院的同学!"

因为和乔以桐关系好,林蔚然很早就告诉他自己老爸是飞行员的事了,乔以桐也是唯一一个知道林蔚然的父亲因公牺牲的事。

乔以桐:"不是吧!这么巧?"

林蔚然道:"我也是看到我老爸的毕业合照之后才认出来的。而且,看得出来,他俩那时的关系很好。但这根本说不通啊,金辰

那么讨厌我……"

乔以桐沉默了片刻:"金教导……他只是单纯讨厌成绩不好的学员吧……"

"打死你!"林蔚然撇了撇嘴,"那怎么没见他那么讨厌你?"

两人又斗了一会儿嘴,乔以桐笑道:"想那么多有什么用?反正他该讨厌你还是讨厌你啊!还有十来天寒假就要结束了,要不要抓紧时间散散心?"

乔以桐提出两人一起出门玩几天,目的地定在云南大理。

三天后,林蔚然和乔以桐先后抵达大理。火车站出站口,少年背着登山包吟吟笑着,他穿着白色羽绒服,帽子上一圈棕黄色狐狸毛。林蔚然一出站就看到他了,几个月不见,男生看起来没怎么变,却又感觉有哪里不一样了。

"是更精神了!"乔以桐扬了扬头,身板挺得笔直。

"臭美!"林蔚然笑着捶了一下他的肩,隔着羽绒服传来结实的触感,看来他健身很有成效。若是离开飞行队真的能让乔以桐更快乐,那似乎也是一件好事。

冬天的大理游客不多,古城里基本都是本地人,无论是路人还是做生意的,身上都透着一股质朴的感觉。林蔚然很喜欢这种氛围,哪怕不出门,每天坐在旅馆里看着猫咪打瞌睡也觉得很开心,但偏偏乔以桐是个好奇宝宝,整天拉着她跑来跑去,还骗她吃了云南特色虫子宴,并因此招来一阵毒打。

两个人每天打打闹闹,时间也过得飞快。离开学只剩五天的时候,懒鬼林蔚然和乔以桐终于决定去爬一趟苍山。

乔以桐头天晚上订好了苍山脚下的连锁酒店,为了爬山起了个大早的两人拖着行李转移阵地,准备安置好之后就上山。

乔以桐订的酒店在上苍山的必由之路旁边,看起来很气派,大

第五章 最美不过苍山雪

门口还有流水假山。林蔚然拖着行李,睡眼蒙眬地打量着这里的环境,下一秒便感觉整个人一激灵。见鬼了!

世界上当然没有鬼,她看到的是宋祁。

可宋祁怎么会在这里?林蔚然顿时睡意全无,打量着对方——他身形笔直地站在前台,穿着员工的制服,胸口却没像他旁边站着的前台小姐一样别着名牌。

"连长!"乔以桐也发现了他,又惊又喜地喊道。

虽然以前宋祁对他很严格,但乔以桐并不是记仇的人,而且他打心眼里认为宋祁严格管理是对的。因此,两人私底下关系其实还不错。

宋祁明显愣了一下,但很快就展现出前台工作人员的专业素质,点点头,示意两人出示身份证,脸上是一如既往的淡漠表情:"来旅游啊?"

"是啊,我们来大理好几天了!早知道你也在,我和蔚然就约你一块儿玩儿了!对了,待会儿一起去爬山吧?"

乔以桐兴高采烈地说着,林蔚然却有些不自在地低下了头。早知道宋祁也在大理,她指不定就换个地方了……毕竟,那家伙从入学开始就很讨厌她,何必来找不痛快呢?

宋祁用余光扫了一眼林蔚然的表情,有些不爽,把身份证递了回去:"你们去吧,我还要工作。"

乔以桐收起证件,好奇地看着宋祁:"连长?你这是在……勤工俭学?"

一直在扮演花瓶的前台小姐"扑哧"一声乐了,林蔚然转头看过去,不明白笑点在哪儿。

宋祁有些不好意思地咳了一下:"不是,这家店是……"

"这家店怎么了?这家店是黑店?逼你干活?连长,你心里苦

可以告诉我们啊!"乔以桐看起来精神是变好了,神经倒是变得有些不正常。

"不是的。这家店是我爸妈……"

"你爸妈逼你来赚钱吗?你才十几岁啊,叔叔阿姨为什么这么想不开?你成绩这么棒,以后肯定会是航天领域的一颗新星!为什么还要——"

"好了,戏过了……"林蔚然忍无可忍,拽了一下乔以桐,而前台小姐已经笑得腰都直不起来了。

"这是我家在大理新开的分店,我只是假期闲得无聊过来帮忙而已!"生怕乔以桐继续开脑洞,宋祁一口气说道。

"……"

乔以桐和林蔚然对视一眼,空气突然变得有些安静。

宋祁是连锁酒店的少东家?这个事实对林蔚然和乔以桐的冲击有些大。虽然他看起来家庭条件不错,但从来没有公子哥的做派,日常用度都很克制,没想到家里竟然这么有钱!

吃完早饭,两人收拾好东西下楼时,宋祁已经不在酒店前台了。一直到踏上上苍山的小道,乔以桐还在嘟囔,不知道宋祁是怎么想的,明明是富家子弟,居然来读军校,还那么拼命。

"大概是因为热爱吧。"林蔚然走在乔以桐前面,用一根树枝拄着地,淡淡地说道。

虽然反感宋祁在管理工作上的不近人情以及对于荣誉的过度看重,但即便是林蔚然也不得不承认,他是真的很热爱飞行。不然他何至于放弃养尊处优的生活,每天在汗水里摸爬滚打?

其实,何止宋祁?每一届飞行队里,都有许多怀揣梦想的少年

从四面八方会聚至此,大家经历千锤百炼,成为更好的人,又分散至祖国各地,继续挥洒热血。好像只有她,是在插科打诨混日子……

苍山上风景明丽,一路攀爬,乔以桐很快将宋祁的事抛到脑后。爬了一个多小时的石阶,他觉得这样的探索方式太单调,看到石阶旁有本地人踩出来的小路,便兴冲冲地拉着林蔚然钻了进去。

昨晚下了小雨,树底下冒出许多蘑菇。有些很小,和树皮融为一体,很难发现,有的则有手掌那么大,都是城市里少见的品种,看起来非常新奇。林蔚然和乔以桐兴致高昂,一路采着蘑菇,不知不觉便走到了森林深处。

要不是天上又开始飘小雨,他们可能还要采下去。

看了眼天色,乔以桐提出原路返回。他帮林蔚然把冲锋衣上的帽子竖起来:"出门太急忘了带伞,我们赶紧回去吧,一会儿路该不好走了。"

路的确不好走,下坡比上坡还要困难,何况雨后路面更加湿滑。乔以桐怕林蔚然摔跤,在前面开道,可是,他很快便找不到路了——森林里好像每个方向的样子看起来都差不多,雨越下越大,两人却感觉周遭的环境越来越陌生。

"同学,你跟我说实话,我们是不是迷路了?"看到前面带路的乔以桐已经满头大汗,林蔚然忍不住问道。

"别急,顺着一个方向走,总能走出去的!"乔以桐嘴里自信满满,却心虚得头都不敢回。

天越来越黑,雨越下越大,豆大的雨点拍打着树叶,又落在两个人身上,就像急促的鼓点。

林蔚然看了看天色,有些着急,无奈她天生路痴,再心急也只能跟在看起来并不怎么靠谱的乔以桐后面。在一个下坡处,乔以桐刚跳下去,转身想接林蔚然,少女已经迫不及待地跟着跳了下来,

然后便听得"刺溜"一声,林蔚然的右脚像踩在了滑板上一样,往后一仰,后背贴着山坡直接滑了下来,背包也飞了出去。

这一切发生得太突然,等乔以桐反应过来时,林蔚然已经滑出去十来米了。他赶紧冲了上去,简单检查了一下,见没有大碍,才松了口气。然而,刚要搀林蔚然起来,她便疼得叫了起来。

"我好像崴到脚了。"林蔚然抬起左腿,试着转了转脚腕,又是一阵哀号。

这会儿雨下得更大了,几乎成了瓢泼之势,两个人虽然穿着防水的冲锋衣,看起来也已经狼狈不堪。乔以桐小心地把林蔚然背了起来,焦虑地四处观望,这个样子想下山已经不可能了,得找个地方先休息一下。

左看右看,乔以桐在不远处的山壁上发现了一个几平方米大小的山洞,赶紧背着林蔚然钻了进去。检查了一下洞里的情况,在地上铺上防水布,安放好随身行李,两人这才坐下喘了口气。

"靠我们自己估计是走不出去了,打电话求救吧。"林蔚然一边喝着水,一边揉着自己的左脚踝。

上山前经过景点服务处时两人拿了一份游客须知,上面的确有救援电话,只是……

"没信号。"乔以桐看着手机屏幕,眉头深锁。

林蔚然掏出自己的手机看了看,一样没信号。她也不知道该说什么了,脱下鞋检查了一下,发现脚腕已经肿了起来,试着动了动,疼得倒抽冷气。

"别弄了,小心伤到骨头。"乔以桐把背包垫在少女背后,在她旁边坐下。

"那可怎么办?"

"先避避雨吧。"乔以桐安慰道,"说不定一会儿就停了。"

第五章 最美不过苍山雪

林蔚然勉力挤出一丝笑容,知道少年心里其实也没底,也许他此时还有些惭愧——毕竟是他带路把两人带迷路的。不过,看到曾经唯唯诺诺、弱不禁风的乔以桐如今变得坚毅、果决,林蔚然还是打心里觉得高兴。这大概也证明他当初选择退队是正确的吧?凡事不可强求,大概便是这个道理。

"想什么呢?"乔以桐突然开口。

"没什么,单纯地发呆。"林蔚然挑了挑眉。

小小的山洞里,搓着手的少年和环抱双膝的少女背对背靠坐在一起,彼此好像都从对方那里得到了一些力量。林蔚然在心里祈祷雨快点儿停,可惜,直到天彻底黑下来,雨也没有转小的趋势。

而在等待的这几个小时里,两人已经把包里的食物吃掉了大半,这些出门前随手扔进包里的饼干、水果真是意外地帮了大忙——二月天气还有些冷,山上则尤其冷,又下着雨,要不是吃了些东西补充能量,两人大概早就撑不住了。

"看样子得在这儿过夜了。"林蔚然手里拿着最后一块巧克力,表情有些懊恼,"我要没崴脚就好了,刚才也不知道心急个什么劲儿……"

"不心急就不是你了。"乔以桐尽量语气轻松地说道。

"也是!你说,山上会不会有野兽?狼啊,老虎啊什么的?"林蔚然眼珠一转,开玩笑道。

"怎么可能,从没听说过大理还有狼的!"乔以桐笑道,然而,下一秒,洞外的雨幕里便传来长长的嚎叫声。

乔以桐的笑容僵在脸上,终于露出一丝曾经的那个怯懦少年的模样,下意识地抓着林蔚然的手臂,声音也有些颤抖:"不……不……不会真的是狼吧?"

林蔚然愣了愣,当声音再次传来时仔细听了听,表情从紧张过

渡到疑惑:"不是狼吧?我怎么觉得是……"

"喂——乔以桐——林蔚然——"并不是狼嗥,而是有人拉长了声音在大声呼喊。

"是宋祁!"乔以桐和林蔚然看着彼此,同时反应过来。

林蔚然发誓,她这辈子大概再也不会这样期待看到宋祁。尽管行动不便,她还是挣扎着一蹦一蹦地来到洞口,和乔以桐一起大声喊着宋祁的名字。

很快,宋祁披着雨衣的身影便出现在树木交错的林间。

"连长大人,乡亲们可把你盼来了!"林蔚然一把握住宋祁的手,激动地说。

4

进了山洞,宋祁从背包里取出两件新冲锋衣扔给两人,一脸不满的表情:"有大道不走,非要走小路,你们俩脑子进水了吗?缆车早就停了,你们还在这里躲雨,是准备在山里过夜吗?"

"我们这不是为了捡蘑菇嘛,谁知道会突然下大雨呢。蔚然的脚又崴了……"乔以桐一边穿冲锋衣一边解释道,突然一愣,"不对呀,连长,你咋知道我们在山上?"

一旁的林蔚然也愣了一下,抬起头。其实,刚才听到宋祁喊他们名字的时候,她就觉得奇怪了。他们早上出门的时候宋祁不在酒店前台,就算知道他们一天没回酒店,也无法确定是被困在山上了啊……

林蔚然还在琢磨,宋祁已经没好气地给出了答案:"打你们的电话,都不在服务区,整个大理,除了苍山上面,还有哪儿会没有手机信号?"

"是是是,连长大人英明,嘿嘿嘿!"乔以桐尴尬地讪笑。

第五章
最美不过苍山雪

那也只是怀疑而已,竟然就一个人冒雨上山寻找吗……林蔚然有些意外,但也没有追问下去。

检查过林蔚然的伤势,保险起见,宋祁还是决定今晚三人在山洞里过夜。

少年环视了一下整个山洞,洞小口大,也就勉强能躲雨,基本上无法避风,深夜温度可能会降到零摄氏度以下。大家身上还都湿着,如果不做好防寒措施,这注定是个难熬的夜晚。

没时间再犹豫,宋祁从背包里拿出一把军刀,然后喊乔以桐跟他一起出了洞。

许久之后,两人才匆匆回来,乔以桐手里抱着许多树叶茂密的树枝,宋祁则拿着一些枯木。两人抖着身上的雨水进到洞中,林蔚然赶紧举着手机,给他们照出些许亮光。

不久前才被揭示公子哥身份的宋祁,此时展现出惊人的野外生存天赋。他将乔以桐抱回来的树枝立起,挡在山洞口用以挡风。然后,他在洞里找了块平地,把枯木一根根摆成堆,从背包里拿出打火石,试着点燃。

"真的可以吗……"一下一下,林蔚然看着宋祁用军刀擦着打火石,可每次虽然火星四溅,却始终无法升起火焰。

宋祁没有说话,想了想,把军刀放在一边,拉开衣服拉链,直接把自己里面穿着的毛衣割下来一截。

林蔚然愣了愣,拿着手机的右手微微抖了一下。有了毛衣做引子,没多久,一簇火苗终于亮起。

"感恩!"身上湿得最厉害的乔以桐看到火起,终于一屁股坐到了地上。宋祁依然没说话,但显然也舒了一口气。

也许是太累了,无比漫长的夜里,三个人围坐在一小团火焰前,好像都没有什么说话的兴致。林蔚然把剩下的巧克力分给另外两人,

然后暗中观察了宋祁一阵，不知道为什么，她觉得这家伙此时的安静、内敛虽然比起平日里的高调、强势罕见，但看起来一点儿都不突兀，而是那么自然。

那么，究竟哪个他才是真实的他呢？想不通。

大概是觉得气氛有些沉闷，逐渐缓过来之后，乔以桐开始东一嘴西一嘴地讲学校里发生的趣事，聊着聊着就谈起了大家入学时的故事。

"我能作为飞行员进入飞行学院真是运气好，之前也不知道飞行是怎么回事，不知道飞行员意味着什么，老师让报名就报了。然后一路考核也很顺利，高考完稀里糊涂就拿到了录取通知书。整个过程像是在做梦。"乔以桐盘着腿笑道，虽然最后还是选择了转专业，但他并不认为那段经历不堪回首，"很开心认识你们这些好朋友。蔚然，我还记得你复试那天的样子呢！当时你和宋祁为一个知识点起了争执，我就站在你们附近……"

"咳咳咳。"嚼着巧克力的宋祁好像突然被呛到。

乔以桐显然没有接收到他的暗示，还沉浸在回忆里："其实，直到现在我也搞不懂你们当时究竟在吵什么。这大概就是我跟你们的差距吧。说实在的，从那一刻开始，我就觉得你们两个闪闪发光，天生就应该是飞行员。"

林蔚然有些尴尬地摆摆手："我？别逗了，你没见我整天被金辰教训……"

"因为你不珍惜机会啊，那副吊儿郎当的样子，的确很让人反感。"忽明忽暗的火光笼罩着宋祁的脸庞，看起来有些严肃。

虽然一直知道宋祁对自己有意见，但对方这么直白地指出来还是第一次。林蔚然本能地想要反驳，可不知道为什么，什么也说不出口，只是撇了撇嘴，然后低下头。

火堆里的柴火在噼啪作响,宋祁沉默了片刻,轻轻叹道:"生活多不容易,好不容易进了别人梦寐以求的飞行学院,你怎么就那么不珍惜呢?"

"喂,你一个富家子弟,发出这样的感叹有点儿矫情了吧!"林蔚然从身旁拾起一根树枝,捅了捅面前的火堆。

"我的爷爷奶奶都是生意人,爸爸妈妈也是生意人,所以,从我出生那一刻开始,大家都觉得我也会走上这一条路。哪怕没什么大的成就,至少能稳稳当当地继承家业,衣食无忧。"

毫无征兆的,宋祁讲起了自己的故事,表情淡然,看不出悲喜。林蔚然偷偷看了眼同样有些错愕的乔以桐,预感到今晚会见识到一个不一样的宋祁。

"可我不喜欢做生意啊,我只喜欢飞机,从小便是如此。"宋祁摊开双手,看着手掌上磨出来的茧,"爸妈当然知道我喜欢飞机,但他们以为这只是一个短暂的爱好,怎么也想不到我会真的穿上军装,去搏击长空,去拥抱惊涛骇浪般的人生。为了这件事,我跟他们吵过无数次,但不管我怎么解释,他们都不接受我的梦想。最后,我背着他们偷偷改了自己的志愿。"

林蔚然第一次见到宋祁的时候,他就是光芒万丈的样子,第二次见到他时,他依然站在人群的中央,履历光彩夺目。他看起来就是那种生活一帆风顺,梦想唾手可得的人,谁能想到他还有这样的经历?

"然后呢?"林蔚然托着下巴,语调轻柔了许多。

"然后……我爸再也没有搭理过我,我妈每次给我打电话都是哭着让我退学。他们根本不在乎我当了连长,成了优秀学员,这些成绩在他们看来一文不值。"宋祁下意识地看向洞外的某个地方,"他们希望我吃不了苦,扛不住,自己放弃。"

宋祁说完淡淡看了一眼林蔚然,又迅速把头转开。林蔚然却看懂了他的意思。

因为这条路走得太难,所以他格外珍惜,所以永远努力做到最好,所以非常看不惯她吊儿郎当的态度。

"其实,我……"不知道为什么,林蔚然突然觉得自己该说些什么,不管是解释还是安慰。

"不早了,睡吧。"宋祁却好像突然没了说话的兴趣,一个人走到角落里,倚着墙壁躺了下去。

5

这是有些冷,却格外安静的一夜。三人陆续醒来时,洞口透进来微弱的光。

雨后初霁,是个好天气。休息了一晚,林蔚然的脚已经好了不少,虽然还是会疼,但已经可以慢点儿走了。见她疼得微微咧嘴,宋祁二话不说架起她的胳膊,林蔚然有些不好意思,低头说了声谢谢。

在宋祁的带领下,大家顺利下了苍山。回到酒店,宋祁在大堂和两人分手时又恢复了此前高冷的模样,好像昨晚的促膝长谈压根儿没有发生过一样。不过,林蔚然罕见地没有吐槽,也许是懂了些什么,也许,她还处于昨天夜里宋祁的故事带来的冲击里。

总之,回到房间之后,林蔚然跳上床便睡了个昏天暗地,乔以桐也是如此,两人默契地放弃了午饭和晚饭,直到次日早上才在自助餐厅相遇。

一顿风卷残云之后,乔以桐和林蔚然开始订各自回家的车票,这意味着寒假真正到了尾声。

此后的两天,两人不太想去那些名声在外的景点了,除了在附近转悠,便是躺在房间睡觉。每次进出经过前台时,林蔚然都会下

意识地四下张望,却再也没有见过宋祁。

大概是回去了吧?好歹共患难了一个晚上,走之前就不能打个招呼吗?林蔚然有些不爽,甚至怀疑那天晚上发生的事只是个梦。

离开的那天清晨,林蔚然和乔以桐拖着行李来到前台,依然没看到宋祁的身影,办完手续,两人刚要离开,却被前台的小姑娘叫住。

"这是?"看着小姑娘塞到他们手中的小袋子,乔以桐愣了愣。

"宋祁让我给你们,是我们大理的土特产。"

林蔚然捏了捏手里的袋子,忍不住打开,那是一袋干的野蘑菇。

「第六章」军人的荣光

　　少年和少女对视着，林蔚然的心一瞬间静了下来，她突然有些抱歉。很多人应该都想问时瑾那句话，但她不该问。

1

寒假的最后一天,林蔚然回到飞行学院。

一样的行程,一样简单的行李,心境和初次入学时却完全不一样了。拖着行李箱站在她的"专属"杂物间门口,阔别多时的孤寂感从握着门把手的那一刻开始,又慢慢渗入她的心里。

开学的日子,所有宿舍都热热闹闹,只有她这间,实在太安静了。

打开门,林蔚然立刻捂着嘴巴咳了起来,因为临走时没有关牢窗户,房间里落了厚厚一层灰,空气也潮潮的。放下行李,林蔚然打开窗户,阳光照了进来,却没有让她的心情变得明亮起来。

少女呆呆地在窗前站了会儿,决定还是振作起来。她卷起被褥来到晾衣场,刚将所有被褥晾好,便看到抱着摞成小山一样的被子走过来的王慧。

王慧有张娃娃脸,性格其实也跟这张脸一样乖巧。她是她们宿舍最早到的,想着帮其他人一块儿把被子晾了,可因为怀里的被褥实在太多,晾的时候腾不开手,显得非常笨拙。

眼看晾好的一床被子又被不小心扯了下来,她惊呼一声,好在下一秒,便有人险险地接住。

"谢……谢。"看清楚是林蔚然,王慧道谢的声音变得有些不自然。

林蔚然没说话,默默地将那床被子摊开重新晾好,然后越过她,向宿舍楼走去,全程都没有看她一眼。

走进大楼,林蔚然的脚步才慢了下来。

其实,还是会遗憾。

她和江茹在那次争吵之后再也没有说过话,连微信都互相删掉了。这意味着,在这所学校,她连一个女生朋友都没有了,彻底成了孤家寡人。

第六章
军人的荣光

虽然来飞行学院有些不情不愿,但她想象中的大学生活原本不是这样的。想象中,她可以和好朋友一起追剧、逛街,交换喜欢的衣服、鞋子,在甜品店里分食一支冰淇淋,睡前打打闹闹,分享八卦。

然而,这样的大学生活,好像离她越来越远了。

此时,有其他系的女生手挽手出现在走廊,林蔚然赶紧低下头,快步朝自己的宿舍跑去。

分别了一个月的飞行大队重新集合,大家的变化都很大:曾被校理发师摧残的人回家后特意剪了时髦却符合规定的发型;手机被金辰没收的人又悄悄换了最新款的手机;此前因为训练晒黑了许多的人,回家后又白了回来……

大家不约而同地带来了各地的特产,所有人像开派对一样,在各个宿舍窜来窜去吃东西、聊天,烟火气十足。

林蔚然按规定先去大队向班长报到,刚出现在自己班的男生宿舍门口,她就被里面熙熙攘攘的盛况吓了一大跳。

这间四人宿舍里挤了十几个人,因为没地儿落脚,有的人甚至坐在书桌上。凳子则被大家拼起来摆在宿舍中间,上面散乱地放着一堆零食,男生们呼喝大笑的声音像一阵阵音浪,几乎要把林蔚然推出去。

然而,站在门边的几个男生已经看到了她,赶紧把她拽了进来。

"去去去,赶紧给院花让个地儿!"站在宿舍中央的谢壮壮屁股一扭挤出一片空地来,让林蔚然站在他身边,随手塞给她一把瓜子。

林蔚然也不知道自己是从什么时候开始被喊院花的,总之,这个封号没几天就在院里广为流传。当然,也没什么好骄傲的,全院唯一的女学员,不是院花是什么?

男生们其实也没什么正事儿,不过是在吃吃喝喝,侃大山。队

里的男生和林蔚然相处久了，都把她当汉子看，聊天也不避讳。因此，吃了会儿瓜子，林蔚然便听来一大堆男生间的八卦趣闻和吐槽。

比如，一个叫程晨的男生，是队里出了名的脑洞奇特的家伙。他不知道哪里来的灵感，当场宣布成立"单身狗协会"，还要联系他在本地外校的同学，搞一场联谊。

面对程晨的"热情邀约"，林蔚然吓得直摆手，赶紧溜了出去。在走廊里，少女长舒了一口气，然后便看到迎面走来的那个熟悉的身影。

是时瑾。

窄小的走廊里，少年迎面走来，林蔚然下意识地想打招呼，下一秒笑容便收了回去。

她想起来，两人还处于冷战状态。虽然上学期期末的那次冲突回想起来只是小事……可他也没主动跟她联系啊！

林蔚然这样想着，低下头，气呼呼地想和他擦肩而过。

"贺卡收到了吗？"

"嗯？"已经走出去几步的林蔚然愣了一下，回过头。

时瑾双手比着长方形的样子，林蔚然这才想起生日那天收到的那个文件袋。直到寒假结束她也没想明白那个偶像签名是谁寄给她的，原来是时瑾！

"上次你去见面会是我把你抓回来的，帮你要到了签名，算是补偿吧。"

时瑾说得云淡风轻，林蔚然愣愣的，一时间心里涌出许多情绪。时瑾就是这样的人，优秀，温暖，却不张扬，两人初次认识的时候便是如此。

她不必追问他花了多长时间要到那个签名，只是，想到这件事，这些人，飞行学院的生活好像也变得没那么难熬了。

第六章 军人的荣光

❷

全队人员陆续归队，第二学期的课程也很快开始了。不过，毕竟刚刚开学，课业还算轻松，虽然金辰依旧成天绷着张脸，好像看谁都不顺眼，而且杨鹰不知何故迟迟没到位，全队的大小管理事务都落到金辰头上。

一个寒假不见的金辰，看起来更瘦了，本来就让人害怕的面相显得更加刻薄，眼睛下方是重重的黑眼圈，每每教训起人来，都是一副睚眦欲裂的可怕表情。

大家暗地里讨论男性是不是也有更年期，怎么他每天都有发不完的火，找不完的事儿？有几个平时表现不错，跃跃欲试想在明年竞选连长和指导员的男生，看金辰这么难搞定的样子，甚至直接宣布放弃竞选。当金辰的左膀右臂，这不是找虐吗？

林蔚然怎么也没想到，即便是在如此压抑的气氛里，程晨当初提过的联谊也悄悄地搞了起来。

当天，加入单身狗协会的十几个男生，占满了全队开学第一周外出的所有名额，所有人打扮得花里胡哨地出了门。然后，到了原定下午三点的归队时间，一个人都没有回来。

恰好这天任大队值班员的是林蔚然，她看着手里一堆未归队人员的假条，心里七上八下。要是一个两个还好，十多个人没回来，想瞒也瞒不住。午休起床哨响起，林蔚然赶紧通知了这周的值班干部时瑾，时瑾也急得直挠头，打了一通电话，却始终联系不到人。

"完了完了，金辰要发飙了……"林蔚然沮丧地拍了拍脑门儿，在心里为那帮男生"默哀"。

三点半飞行队要搞大扫除，全员出动。时瑾只好偷偷让男生们多在金辰面前晃荡，造成队里人很多的错觉。然而，"老狐狸"还是一眼就发现了不对劲儿。

"今天外出的人都跟你销假了吗？"金辰站在大队走廊的中央，一脸阴沉。

一直偷偷关注着一切的林蔚然在心里叹了口气，那些奉时瑾指示拼命在金辰面前晃悠的男生则顿时浑身一僵，有的小腿都哆嗦了起来，仿佛能感受到金辰如刀子一般锋利的目光正在自己背上逡巡。

时瑾跟在金辰身后，强装镇定，赶紧掏出手机假装拨通了其中某人的电话，叨叨了几句才跟金辰汇报："他们已经在车上了，我让他们快点儿……"

"不用了，让他们都给我滚蛋。"金辰冷冷地打断。

时瑾尴尬地把手机放回兜里，目送金辰向走廊尽头的办公室走去，途中经过二班放在走廊上的水桶，金辰一脚把桶踹飞。"嘭"的一声，水桶砸在宿舍门上，从中间裂开。

无辜的二班男生在金辰走后，默默地拿着扫帚和簸箕从宿舍里探出头来，看着同样从其他宿舍里探头而出的男生，撇嘴比了个"什么情况啊"的嘴型。岗哨亭里的林蔚然也对时瑾耸了下肩，摊手表示无奈。

外出的所有学员在超假一个多小时后终于回来了。要命的是，他们不光超假，还喝得醉醺醺的，程晨这个带头的更是醉得不省人事，是被人背回大队的。

金辰站在岗亭旁，目视着这帮臭小子回来，林蔚然看着他的背影——肩膀微微发抖，双手握拳，又松开，再握拳，再松开。完了完了，这是要暴走了。

压抑又恐怖的气氛维持了十多分钟之后，终于到了图穷匕见的时候，金辰宣布，原定周一的期末考试总结会提前到今天下午，现在就开！

应该没那么严重吧……不就是晚回来一个小时吗？以前又不是

没有过……百来号人坐在大队活动室,你安慰我我安慰你。

金辰来给大家开会前,宋祁和时瑾开始下发每个人的成绩条。对于今天发生的一切宋祁原本并不知情,此时才了解了个大概,发成绩条的时候忍不住呵斥了那些男生一顿。

此前,玩得心都野了的大家完全忽略了去年的成绩还没公布的事,于是,迎接成绩条的时候又是一番惊心动魄。

林蔚然坐在最边上的位置,听着已经拿到成绩条的男生们小声讨论,有些不安地动来动去。虽然心里对成绩有底,而且这原本就是她想达到的目的,但临了还是觉得有些丢人。正胡思乱想着,她的后背被戳了戳,转头便看到宋祁一副无奈的脸。

这是开学后两人第一次正面接触。

少年把成绩条递到林蔚然面前:"我有必要提醒你,学院规定本科四年挂科累计三门及以上的飞行学员要停飞。你看你……呜呜呜……"

这么大声干吗?太丢人了啊!林蔚然不假思索地跳起来捂住宋祁的嘴,把他吓了一跳,也把自己吓了一跳。少女一哆嗦,赶紧收手,顺势抢走自己的成绩条,坐回椅子上:"我知道啦!"

她听到宋祁的叹气声。

林蔚然红着脸展开自己的成绩条,最前面的高数和马哲两门课就没及格,确实和想象中一样惨不忍睹。她不想再看,直接将成绩条揉成一团攥在掌心。

知道宋祁很失望,但她也没办法。本来她就没打算以飞行学员的身份走到最后,不好好训练,不好好考试,只要这学期的考试再挂一科,那谁也阻止不了她离开这里了。

这就是她为自己找到的最自然的最不让家人伤心的离开方式。虽然经过那次夜谈,她多少更了解宋祁了,但他们终究不一样,只

能让他失望了。等等,她从什么时候开始在乎他失不失望这件事了?

这时,吵嚷的人群突然静了下来,意识到金辰来了的林蔚然也抬起头。

金辰走到活动室最前面,队长杨鹰还没来,他一个人坐在桌子后面,表情一如既往地阴沉。

他让十二位外出的男生上前面来,凳子一阵移动之后,男生们列队站在金辰面前等候他发落。可能会写检查吧,或者去跑圈?总不至于关禁闭吧?

谁也没料到,金辰竟让他们一个个把手表和手机当场砸碎。

"连最基本的时间观念都没有,要这些干吗?愣着干吗?给我砸!"

大家面面相觑,显然不甘心,却又不敢开口反驳。

这是从未有过的严厉惩罚,队史上应该都没过。大家不由得想念起温和的杨鹰来,如果此时此刻他在的话,绝对会出来打圆场让教导员消消气,但现在……

算了,认命吧!不知道是谁带的头,随着一声钝响,某人将自己的手机重重地摔在地上。很快,"砰砰砰"的声音在活动室里响起,手机和手表的碎片四处飞溅,林蔚然下意识地用手挡着脸,越发想快点儿离开这个让人窒息的飞行队了。

3

让所有人大气都不敢出的砸手机环节终于结束,男生们依然站成一排,等待金辰的发落。

金辰全程都默默地看着窗外,不知道在想什么。此时,他才将视线收回,没有让那帮人回去坐下,而是直接翻开了会议本。

"我带了这么多年飞行队,你们是我遇到的最差劲的一批学

第六章 军人的荣光

员。"金辰说这句话的时候,神情很平静。

这句话大概是每个学生的求学生涯里都会遭遇的评价,在网上都成了段子。然而金辰讲这句话的确有理有据,让人没法反驳。上学期的期末考试,飞行学院飞行系大一一共三个飞行队,林蔚然所在的飞行十三大队以绝对劣势垫底。大家考试周有认真复习这是事实,但也只能说是临时抱佛脚,根本比不上其他两个飞行队从入学开始就稳扎稳打的水平。

不能说自己弱,但对手确实是绝对的强,三个飞行队就林蔚然在的这个队门门课程平均分最低,优秀率最低,居然还有人挂科,金辰说到这里,林蔚然尴尬地用本子挡住脸。

而且,因为之前震惊全校的和机械学院的群殴事件,别的大队期末拿奖拿到手软,他们大队和各项荣誉绝缘。虽然宋祁和时瑾这两位高才生包揽了全年级所有科目的最高分。

可是……深究起来,也没那么差吧?打架被扣分,这跟学习也没关系啊,基础课程成绩虽然比不上那两个顶尖的学员队,但这个分数肯定比其他院系的学员队强不少。至于林蔚然这个挂科人员……毕竟是女孩子,院宠嘛!

金辰看着一张张没有愧疚反而有些不服气的脸,在长久的沉默之后,双手撑着桌面抱住头,整个人好像被抽干了力气。

大家都傻了,比暴风雨更可怕的就是这种暗涌的怒火,谁也不知道下一秒金教导会如何爆发,又会想出什么可怕的惩罚。大家面面相觑,尴尬地站着的那十几个人摸着鼻子。

这种风口浪尖的时刻,宋祁作为连长不能不说话,他顶着压力站起来:"金教导,上学期考试考得一般,可能是大家没掌握好学习方法和技巧,而且各学各的,没有拧成一股绳。我们这学期会更加努力,一定会争取上游,让您和杨队长不再操心。"

"杨队长……"金辰把手放到桌子上,头也抬了起来,脸上说不清是什么表情,但肯定不是大家想象的愤怒,"对了,还没有告诉你们杨队长没有到位的原因。"

这次,金辰居然站起了身。

"我知道你们都了解了飞行员的光环,并享受着这身蓝衣带给你们的荣耀。因为你们是未来的天之骄子,学校优先给你们训练场地,优先给你们教学资源,甚至连吃饭住宿都和其他学员有不一样的标准。不过,你们是不是忘记了这个称号需要承担的责任?"

林蔚然看到金辰的嘴唇在微微颤抖。

"考试凑合就行,出门能玩得忘记归队……这个寒假,在家过得怎么样?是不是吃喝玩乐,潇洒得很?"金辰的目光从每个人脸上划过,表情前所未有地漠然,"知不知道你们的队长在干什么?他接到命令,去执行一项新机试飞任务,不幸坠海,至今生死未卜……"

林蔚然听到手里的本子掉到地上的声音,然后,是许多其他窸窸窣窣的声音,最后整间活动室混乱起来,许多人嚷嚷着怎么可能。几个平时跟杨鹰最亲近的男生,甚至瞬间就落了泪。

金辰不再说话,林蔚然看着他捂着额头重新坐下,片刻后收起会议本站起来,什么都没说,推开面前震惊地呆立着的男生们,朝门外走去。

沉默,长久的沉默,所有人都不知该作何反应。

林蔚然也呆呆的。比起其他人,她原本应该更能面对这样的噩耗,毕竟,她已经有过类似的体验了……只是,那些悲伤好像并没有因此减轻,而是在加倍。

她的脑海里飞速闪过许多画面:那个亲切的男人仿佛上一秒还在偷偷把巧克力塞到她的手里,跟她说她的父亲是真正喜欢飞行的

人。明明记忆这么清晰,怎么就又和老爸一样想跟她说再见了呢?

4

因为需要保密,杨鹰出事的消息始终没有对外公布,即便是在飞行学院内部,知道的人也不多。

很多人虽然明显感觉到飞行十三大队的学员突然沉默了许多,却没人能问出原因。

据说,搜救一直在进行中,生死未卜,那至少说明还有希望。所以,只要不公布,就还有转机吧?这就是十三大队许多人的希冀,包括林蔚然。

压抑归压抑,悲伤归悲伤,生活还是要继续。

初春的寒意终于在一日日的学习训练中过去,学校让学员们将冬装统一换成春秋常服。裁剪合身的春秋常服,让整个校园都变得轻快起来。

温暖的春天总算到了,唯独飞行十三大队却始终给人一种凄清的气息。因为杨鹰,队里许多人辗转想起了去年一个叫林深的飞行员的牺牲,惋惜难过之余,终于深刻地意识到自己所从事的事业比想象中的要艰险千百倍。

最开始听到有人谈起自己的老爸,林蔚然全身一阵震颤。然后,她知道,这些好像永远长不大的男生,终于懂了些什么。

此后的那段时间,大家默默地做着自己的事,用心学习、认真训练,尽量少让金辰操心,就像一杯原本浑浊的水,一夜之间沉寂下来,杯中的尘埃和颗粒慢慢积于杯底,显现出原本明亮的一面。

两个月后,学院下达了通知,决定改变原本的教学计划,将三个飞行大队的新生送去校外的基地进行强化集训。

集训完成之后,还将择优选一位学员在大二的时候送去国外进

行为期半年的交流培养。

对于这一消息,学员们非常意外。金辰私下告诉十三大队,这是因为学院受杨鹰的飞行事故的触动,决定进行大刀阔斧的改革,而首先的改革重点就是新生飞行队。

对于这些消息,林蔚然自然没什么兴趣,一方面,她非常担心杨鹰,另一方面,打定主意打酱油的她,并不期待什么交流培养。而且,所有人都清楚,最后的人选依然只会是宋祁和时瑾中的一个。

乔以桐却不这么看,他拽着林蔚然给她把细则解释了一遍,又鼓励她努力争取,不要浪费天赋。

自从转到领航专业,乔以桐简直就是放飞了天性,体能压力减小,课业也相对清闲,于是他每天除了上课吃饭睡觉,就只剩一件事——搜集八卦。

"咱们学校呢,每年都有学员出国去国外飞行学院交流的传统,但从大一新生里选人这还是前无古人啊!要知道大一学员还只上过基础课,连飞行原理都没接触过,能交流个啥啊?"

大晚上的,坐在自习室复习高数准备补考的林蔚然,看起来很认真,其实只是心不在焉地撑着头,听着身旁的乔以桐唠唠叨叨。乔以桐还不知道杨鹰的事,林蔚然也不想跟他说。

"所以大家都猜测,这个机会是给时瑾的。哼哼,咱们飞行队真的是藏龙卧虎啊……"乔以桐晃着脑袋。

"也不一定吧,去年期末考试,宋祁和时瑾成绩不相上下。如果非要说时瑾占优势的话,无非是他已经开过飞机了。"林蔚然想了想,说道。

"连你都这么想,所以才说学校是故意的啊。这就是为时瑾量身定制的名额呀!"乔以桐挑了挑眉。

"别瞎说。"林蔚然用胳膊肘捅了捅他。

第六章 军人的荣光

"我才没瞎说!你还不知道吗?时瑾已经被黑惨了!"乔以桐说着用微信给林蔚然发来一条消息,"去校内论坛看看吧,帖子太长!我饿了,去搞点儿吃的!"

乔以桐发过来的是一个链接,点开之后,跳转到校内论坛的一个帖子,红色加粗的标题很恶俗,但的确很醒目:震惊震惊!飞行队最大关系户时瑾大解析!

回帖已经一百多页了。往日冷清的校论坛居然这么火?林蔚然的手指头快速往上滑。

百变小狼:古往今来,关系户有,但这么嚣张的关系户小狼真是没见过。今天,小狼来给大家讲一讲学院最大关系户时瑾的事迹!据可靠消息,时瑾的外公是咱们学校的前校长陈国军!

林蔚然微微张了下嘴,时瑾居然……是老校长的外孙?

这个 ID(账户名)叫百变小狼的人接下来开始列举时瑾从入学开始受到的特殊待遇:因为怕累,他跳过最辛苦最煎熬的军训直接入学;在学员队选队干部时,又直接空降成指导员;后被校纠察抓到翻墙,这么严重的违纪,据说大队领导起初竟想让他抄抄条令就算了……

随着手指的滑动,林蔚然越看越气愤,这个楼主显然是故意混淆视听,说的好像是事实,其实根本全是臆测。

明明时瑾不参加军训、当选指导员都是有原因的,而且他违反纪律也被关了禁闭了啊。

就算他外公是前校长又怎么样?时瑾根本没受什么优待,甚至连上学期的优秀学员都放弃了!还说学院为时瑾量身定制交流名额,就算老校长有这种想法,她也绝不相信时瑾会接受这样的安排。他是那样温暖亲和的一个人,他没有傲气,但一定有傲骨。

林蔚然点开百变小狼的头像,这是一个新注册的账号,除了这

个帖子再没别的发帖记录，肯定是大队里谁的小号。

这么了解时瑾，又偏偏在这个时候跟时瑾作对……林蔚然摁下手机锁屏键，难过地靠向椅背，一定是和时瑾有利益冲突的人吧。

会是他吗？林蔚然把手机扔在桌上，觉得心里空荡荡的。

第二天，天气晴朗。

一整夜没睡好的林蔚然，在上午的高数课上又犯困了两节课，老师讲课的声音被她自动屏蔽——上学期的高数就挂了，估计这学期还得挂。

并未觉得有什么所谓的林蔚然，在老师走后的课间，直接趴倒在桌子上一睡不起。过了一会儿，她的肩被揉了揉，有人小声地在她耳边说："金教导来了！"

几乎是瞬间，林蔚然腾地弹起，背脊挺得笔直，为了显示自己并没有睡觉，眼珠都要瞪出来了，看起来滑稽无比。然而，哪儿有什么金教导，前方的男生们还在打打闹闹，少女偏过脸，看到了在旁边偷乐的谢壮壮，以及和谢壮壮站在一起的宋祁。

林蔚然想要发作，迎上宋祁的眼神，立刻扭过头，同时生气地捶了谢壮壮两拳。她收起书本，准备自习课去图书馆，此时，一本笔记递到了面前。

宋祁仰着下巴，手里拿着笔记本，蓝色封面很素，上面工整地用楷书写着"高数"二字："我上学期的笔记。看你笨，借你两周，补考完了还我。"

林蔚然没有拒绝，也没有接过，她有些愣愣地保持着收拾笔袋的姿势，直到宋祁将笔记本放下，转身离开。

她从头到尾都没有说谢谢，不是因为抗拒，而是心里憋着一堆别的话想问。

高数课结束后是自习课，有人像林蔚然一样去别的地方自习，

第六章 军人的荣光

也有不少人还留在这里,利用大课间的空闲谈天逗乐。

林蔚然又听到了昨晚乔以桐告诉她的传言,而这次是从她身后的同学口中。

"时瑾在网上被骂惨了,你看到帖子了吗?"

"怎么可能看不到,全校都知道时瑾是陈校长的外孙了吧?我其实很早就觉得奇怪,你还记得吧?刚来的时候,队长和教导就对他不一般……"

"啧啧,那你猜这次交流的名额会不会就是内定他?"

"大一新生里只有他会飞行,这不是明摆着的嘛!宋祁啊……每天那么努力,拿那么多奖也比不过人家一个外公。"

林蔚然收拾好了东西,起身看了两眼还在议论的同学,视线转向坐在另外一组的时瑾,而此时少年已经不在位置上了。林蔚然的视线转了转,发现他正提着包朝教室后门走去。她抓起自己的东西就追了上去,一直到出了教室才追上。

"等一下。"林蔚然冲时瑾喊道。

时瑾顿了一下,回头看到林蔚然,脸上还是一如既往的温和微笑,似乎并不知道周遭正酝酿着怎样的风暴。

"你,"看着时瑾,林蔚然却不知道该说什么了,她慢吞吞地朝时瑾走过去,眼神有些飘忽,"我听说,嗯……哎……你的……"

"你想问,我的外公是不是老校长?"

时瑾反倒直接得多。少女有些惊讶地看向时瑾,面前挺拔站立的身影,带着孤傲和一眼可看穿的坦荡。

"对,他是。"时瑾点点头,"我一直不想让大家知道这件事,但也早就料到,总有一天会瞒不住。"

少年和少女对视着,林蔚然的心一瞬间静了下来,她突然有些抱歉。很多人应该都想问时瑾这句话,但她不该问。

有什么好问的呢?有什么好求证的呢?她明明知道毫不做作的时瑾根本不可能像别人说的那样利用关系去谋求优待。

"所以,你之前自愿放弃优秀学员,也是因为怕别人知道你的外公是谁,会胡乱联想?"

"那倒不是。所以,你也别担心我会像上次一样放弃和宋祁的竞争。"

"好吧……"林蔚然摸摸泛红的耳朵,"你现在要去哪儿?"

时瑾提起手里的包拍了拍:"图书馆,写今天的高数作业。"

"等我一下,我跟你一起去!"林蔚然想了想,扭头从后门跑回了教室。

此时此刻,很多人大概都在背后对时瑾指指点点,那么,她更要坚定地站在他的身边。

林蔚然从后门扫视整间教室,宋祁坐在最前排的位置,周围拢着一帮平时玩得好的兄弟,正在谈笑风生,其中包括刚刚在她背后议论时瑾的两个男生。

林蔚然突然有些难过。她从包里拿出宋祁给她的笔记,穿过人群,径直走到宋祁的面前。

宋祁看到林蔚然,收起正在看的书。

"这本笔记,还是还给你吧。"

"嗯?"

林蔚然没有解释,而是直勾勾地看着宋祁的眼睛:"你应该听说了最近时瑾在网上被骂的事吧?如果,我只是说如果……"

林蔚然顿了一下,深吸了一口气。云南一别之后,她对宋祁改观很大,但也知晓了他的好胜心有多强。

别人输得起,他却输不起。

面对那么大的压力,他只能用越来越优秀的成绩,向全世界反

对他当飞行员的人证明,他真的热爱,也真的够格。

所以,宋祁,这个人是你吗?

"如果那个帖子是你发的,可不可以删掉?"

少女的眸子闪闪发亮,像澄澈的水晶,却让宋祁心里无比黯然。他沉默地看了她几秒,将面前的笔记本推了回去:"还是拿着吧,下周的补考很重要。我不希望任何一个人拖后腿。"

他没有解释,也不想解释。他有些失望,而且,他有他的骄傲。

「第七章」 再见，害人精

　　林蔚然侧过身，目光扫过整节车厢里满满的熟睡的脸。如果她猜得没错的话，也许两个月后回程的火车上，便不会有这么多人了。

1

之后的一段时间,林蔚然和宋祁的关系仿佛又回到了冰点。宋祁倒没有刻意针对她,只是回到了之前一切公事公办的态度。

林蔚然有些不解,却也没有多想。好在,流言到底是被止住了。至少在林蔚然的飞行队是如此。

帖子引起的讨论太多,其中还牵涉到老校长,引起了学校管理层的关注。

于是,金辰又是一阵大发雷霆,并限定发这个帖子的人一天之内到他这里报到,并删帖道歉,不然后果自负。

于是,百变小狼的真身终于现身,不是宋祁,是队里的一个平时和宋祁关系不错的男生。

因为这学期上学来得早,他偶然看见时瑾拖着行李从车牌号前三位是 000 的军车上下来,觉得不可思议的他便调查了一番,很快知晓了时瑾的身份。

而他发帖的目的,也只是帮好朋友争取机会。当然,这一切宋祁根本不知情。

事情搞清楚了,然后是删帖道歉。晚点名的时候,金辰把那个男生拉出来教育了一通,时瑾也接受了道歉,整件事算是画了一个句号。

林蔚然却不这样想,她突然感觉无比愧疚,仿佛大梦初醒一样,她意识到自己此前对宋祁的怀疑有多过分。虽然他未必在乎,但林蔚然还是觉得自己应该当面道歉。

好几次去宿舍找宋祁,他都不在,后来是谢壮壮告诉她,最近宋祁迷上了运动。

于是,那天晚饭后,林蔚然在篮球场堵到了他。

"连长大人,求求你放过我们吧,打个篮球而已,至于这么拼

吗？你想累死我们吗？"几个男生正瘫坐在地上，只剩宋祁还在弓着腰运球。

汗水从少年的面颊淌到下颌，黄色的篮球服被风撩起，露出精瘦的腰身。

"别废话，继续！"宋祁将球朝一个男生砸了过去。

男生们哀号声起，此时，林蔚然的声音也从不远处传来。大家不约而同地转头，宋祁的脚步顿了一下，却没有转身。

"哟，院花，来看我们打球吗？"有男生招呼道。

"我来找宋祁。"林蔚然看着宋祁的背影。

"哟，原来是来看宋祁打球的啊！"

坐在地上的男生们嘻嘻哈哈地开着玩笑，林蔚然尴尬地摸了下耳朵，也懒得解释。

此时，她已经站到宋祁身后，好声好气地对他说："宋祁，能跟你聊一会儿吗？"

"没空。"

一旁看热闹的男生们笑得满地打滚，之前上赶着给院花送数学笔记，现在装什么高冷啊！

林蔚然更尴尬了，想了想，说道："那我就在这里说吧。之前怀疑你黑时瑾，是我不对，我向你道歉。"

少年还是没有回头，他倔强地面朝篮筐，似乎没有意识到——明明他手里连球都没有了。

林蔚然鼓起勇气，小心翼翼地戳了他一下："真的非常非常对不起。"

"知道了。"

轻描淡写的语气，显然不想多聊。宋祁迈开步子准备去捡球，林蔚然咬了咬牙，跟在他身后一个劲儿地道歉。

众男生叽叽喳喳地起哄之时,隔壁场地的一枚篮球突然飞了过来,直直朝林蔚然飞去。

避开是不可能的了,林蔚然又不是女超人。

被篮球正中后背的少女扑腾一下向前摔倒,出于本能,双手抓住了正前方的黄色篮球服。

然后,"刺啦"一声,原本应该摔个狗啃泥的林蔚然半跪在地,手里抓着半截布料。

好险。林蔚然暗道,但是,男生们的笑声立刻让她意识到自己又犯了一个大错。

"林蔚然!你是老天派来整我的吧?"光着膀子的宋祁,终于忍不住吼道。

"对不起!"林蔚然赶紧把手里的布条颤巍巍地递过去,再次道歉。

"别别别,别靠近我!"宋祁两手交叉护着胸口,后退了几步。此情此景,除了原谅她,还能怎么办呢?

时瑾被黑的风波过去了,学习和训练依然是大家的主旋律。

杨鹰依然没有消息,不过,新生飞行队停课去山区基地强化训练的提案已经通过。

杨鹰不在,金辰的工作多了许多。他每天为准备一百多号人的离校事宜忙里忙外,虽说有宋祁和时瑾帮忙,还是常常加班到深夜,连骂人的时间都没有了,让大家很不习惯。

出发的那一天清晨,大一所有飞行学员打好背囊,一列列地站在大巴前整装待发。

三个学员队只有十三大队没有队长讲话打气,其他两位队长

第七章
再见，害人精

慷慨激昂的言语和学员们时不时大声喊出的"练练练"的口号，与十三大队的鸦雀无声形成了鲜明的对比。

杨鹰不在，而最近什么事情都管的金辰也没有代劳，他只是静静地站在大家旁边，保持着沉默。大家猜他是心情不好，其实，他只是想把这几分钟时间留给杨鹰。

他们不是没有队长，只是队长暂时还没回来。

一个多月了，这样的下落不明意味着什么几乎越来越明晰。但没有结果其实就是最好的结果。

大队男生们还自作主张地整理了一个多余的行囊，由男生们轮流拎在手里，里面装着队长的衣物、生活用品、书本、笔记。大家肯定他会在某一天突然归队，带着飞行队继续集训。

飞行基地距江芜市很远，乘火车要三十来个小时。学校给几百号人包了三节硬座车厢，一个飞行队占一个车厢。白天，大家都坐着还好，夜晚才难熬，男生们一个个歪七扭八地倒在一块儿，有的恨不得睡在行李架上。

林蔚然受特殊照顾，一个人占了一排座位，但她也舍不得多躺，凌晨的时候被震醒，爬起来喊坐在走道上的一个男生去她的位置睡一会儿。

不知道是不是硬座车厢的空调温度格外低，林蔚然一边摸着手臂，一边悄悄在走道上走动。

她跨过一个个睡着的男生，帮他们把身上落下的毛毯轻轻搭好。在整节车厢的最尾部，林蔚然停了步子，看着窗外黑乎乎的世界，她将手撑在椅背上，陷入了沉思。

穿过长长的过道，她看到车厢的另一头。宋祁和时瑾分坐在第一排的过道两侧，此时都没有睡，一个正看着手里的书，一个则沉默地盯着窗外。

列车摇摇晃晃，林蔚然的身体也随着摇晃，她突然有种感觉，自己的人生正在被推向一条更艰难的路。

学校大手笔地改变新生的培训方式，宁可暂停基础课程的学习，也要把他们送到基地，说明这绝对不是单纯的强化训练。学校其实是想以最简单、快速的方式，选择他们想要的人，然后淘汰那些不合格的人。

林蔚然侧过身，目光扫过整节车厢里满满的熟睡的脸。

如果她猜得没错的话，也许两个月后回程的火车上，便不会有这么多人了。

飞行基地所在地简直是难以想象的偏僻。

所有人在一个小县城下了火车，立刻被敞篷大卡车拉着从还算繁华的县城一路进到山里，然后在环山公路上弯弯绕绕，又过了一两个小时才到了基地。

虽然身为飞行学员，做过抗眩晕训练，但一天一夜的火车后紧接着又是让人难受的长距离山路，到达目的地后，大家抱着背囊下了卡车，大部分人脸色都很惨淡。

不过，真正让人感到不快的，还是这里的环境。

四面环山，交通不便，而基地就在山林腹地里开拓的一片空地上。空地上孤零零地立着一些建筑，看楼面颜色，这里应该有些历史了。

这种与世隔绝的环境，别说出去玩，怕是连网络信号都没有。有男生掏出手机，一看，果然如此，大家忍不住哀号。

正在大家低声吐槽着的时候，一队军装男子走到三个学员队面前，然后各自散开。

其中一个年轻上尉停在十三大队前，向金辰敬礼后，他立刻向学员们下达了第一个指令。

第七章 再见,害人精

"全员列队!"用尽力气拉扯声带发出的喊声显得中气十足,又带着些不容置疑的压迫感,稀稀拉拉的男生们立刻被震慑,瞬间开始整队。

站在离大家最远的那辆卡车旁的林蔚然也赶紧行动,但又沉又大的背囊一下拎不起来,眼看四行方阵要成型,时瑾从队伍里折返回来,一把拎起她的包。两个人拼命跑,在所有人集合好的最后一刻加入队列中。

旁观其他两个学员队,也是兵荒马乱。

"我,是空降兵第九师三十七团三连二排排长周家林!以后,由我来负责你们学员连的训练!从站在这里的这一刻起,请忘掉你们预备军官、预备飞行员的身份!在这里,你们就是我的战士!一切行动听我指挥!不听指挥,或是坚持不下去的,自己打报告,或者我帮你们打报告,然后离开这个基地!然后,永远结束你们的飞行员生涯!"

面前的上尉高声喝道,铿锵有力的声音,绝不留情的语句,听到"结束你们的飞行员生涯"这一句,大家都屏住呼吸,林蔚然也有种果不其然的感觉。

这就是她预想到的淘汰。

大浪淘沙,从这一刻就要开始了。

强化训练还未展开,不少人就开始悔恨,原来被自己吐槽的学院生活其实还算轻松,这种绝对的军事化管理才真正让人窒息,更何况还会面临停飞。

这一刻,几乎所有人的内心都对接下来在飞行基地的日子充满了绝望。

"林蔚然。"站在少女身侧的时瑾突然出声。

"嗯?"

"请你一定要坚持发扬上学期耍小聪明偷懒的风格,安全地度过这两个月。"

"噗。"林蔚然笑了。她知道时瑾是什么意思,可看着周家林教官认真的面孔,她非常确定——就算耍小聪明也很难偷懒了。

时值正午,周家林领着大家吃过午饭后分配了宿舍。大通铺宿舍,二十个人一间房,每个人只有小匣子那么大的一个柜子放个人用品,整间宿舍只有一个吊扇……还好现在是春天,但是过段时间天热了该怎么办啊?

林蔚然见了男生们的惨状,突然有点儿庆幸自己是个女生,至少在住宿条件上算是被优待了。

在基地的训练第二天正式开始。

大家猛然发现,比起来,初入学军训时受过的那些苦难真的是小儿科——每天重装五公里对男生来说是必备科目,原本大二才学的障碍跑现在就开始练习。除此之外,还有许多之前听都没听说过的什么抗寒训练、抗压训练,没几天,全队男生一半人的掌心、脚底都磨出了水疱。然而训练不能停,磨出的水疱晚上自己挑破,第二天接着练。

如果单单只是身体上受累,可能还没有那么让人接受不了,关键是周家林每天都在用攻击性语言一点点击溃大家的心理防线。这位来自部队的训练官,整天"废物""垃圾"地称呼学员们,说他们这种素质绝对成不了飞行员。

然而,大家有气不敢出,因为谁要是眼神里露出半点儿不服,他就能万分讽刺地让不服的人打报告退出。

谁敢退出?退出就意味着以后不用当飞行员了!

总的来说,周家林的可恶程度和金辰相比,简直是有过之而无不及。

3

在这段暗无天日的日子里,大家拍着肩互相鼓励、打气。即便这样,一个星期不到,便有人申请离开。

紧急集合是在一天半夜,林蔚然躺在顶楼的小单间宿舍。因为白天的训练,身体酸痛得怎么都难以入睡,而山里的蚊子总在耳边嗡嗡叫,更加剧了她的失眠。

听到响亮的哨声,林蔚然起初还以为自己是训练太累出现了幻听。但紧接着基地大喇叭发出的声音划破夜空:"全体人员——紧急集合!"

紧急……集合?

林蔚然平躺在床上愣了几秒,脑袋还蒙着的时候,楼下已经开始响起"咚咚咚"的跑动声。

少女终于反应过来,一个鲤鱼打挺从床上坐起,灯也来不及开就胡乱穿上衣服,一个箭步冲到柜子那边,翻出背囊,将里面的东西哗啦啦倒在地上。她摸起背包带,准备捆被子,可楼下教官们急促的呼喊让她选择了放弃,将被子跟牙缸、脸盆之类的一股脑塞进了背囊。

楼下呼喝的声音越来越紧促。

林蔚然跋上鞋子,连提起后跟的时间都没有,单肩背着她的包,从门后挂钉处取了她的迷彩帽,便跑了出去。

整个过程实在是太混乱,林蔚然跑下楼,喘着粗气钻进队伍,看到许多男生的穿着和背包比她还夸张,而宋祁点到她时,还有很多男生没到齐。

时间一点点过去,宿舍楼口再没有男生出来。

金辰站在队伍侧面,周家林在队伍最前排低头踱着步子,时不时拿起胸前的秒表看看。

当十一、十二飞行队全员到齐开始准备检查背囊时,林蔚然所在的飞行队还有人没来。

宋祁早就清点了人数,还差三个。

"还差三个人!是哪个班的!"周家林终于走到队伍前列,大声喊了起来。

飞行队里原本正系鞋带的,或是使劲儿将被子挤进背囊的人动作都慢了下来,生怕触动周家林的神经。

"报告!"此时,时瑾和两个男生才跑到宿舍楼的楼梯口,远远地喊道。

虽然知道命运堪忧,三人还是拼命朝大家站着的地方跑来。周家林两步上前,抬手间将秒表砸了过去,跑在最前面的时瑾赶紧偏头,秒表擦着他的衣服飞过,从他和后面的一个人中间穿过,摔得四分五裂。

"两分四十五秒!这个时候才来,你们的战友可能尸体都凉了!"周家林看着所有人,从齿缝里冷冷地挤出这句话。

十一、十二两个飞行队都已经检查完毕,陆续上楼休息,十三大队还站在楼前,感受着凌晨山间刮来的瑟瑟冷风。

星辉之下,林蔚然将脸颊处的乱发别到耳后,视线紧紧锁定时瑾三人的方向。

她不知道一贯游刃有余的时瑾今天为什么这么狼狈,但无论如何,周家林也不应该这样侮辱人!

"知道什么是紧急集合吗?"周家林转头看着时瑾三人。

"对不起,教官,是我的原因。我下床的时候不小心扭到手了,是时瑾和陈文斌帮我准备的……"三人里,最瘦小的一个身影抬起胳膊。

"没有借口!紧急集合两分四十五秒,丢不丢人?"

"丢人……"

"我问你丢不丢人?"周家林的声音变得尖厉。

"丢人!"

"大声点儿!我听不见!"

"丢人!"

……

空旷的基地上空,回荡着刻意让人难堪的一问一答。被逼着用最大音量重复了二三十遍"丢人"的男生,最后声音都开始沙哑。队列里背着背囊的同伴们已经看不下去了,有的扭头呼气,有的小声骂人,或是烦躁地用迷彩鞋摩擦着水泥地面。

林蔚然简直义愤填膺,她紧紧握着拳头,看着时瑾。不知是不是她的错觉,时瑾好像冲她轻轻摇了摇头。

然而,一切并没有结束,周家林罚时瑾三人以及三人所在的班级蛙跳一千步。

队列里立刻走出十几个男生,他们重重地把背囊摔在地上便开始跳,颇有种赌气的感觉。

其他人在金辰的指示下解散回宿舍睡觉,不过有不少男生执意留下来等同伴,金辰也不阻拦,一人背着双手走到很远的地方,独自看着绕场蛙跳的学生。

晚风萧瑟,男人的背影依然挺拔,但曾经棱角分明、让人害怕的锐气,在他身上似乎已经渐渐感觉不到了。

往日咄咄逼人的教导员,从什么时候开始,好像突然老了?

这个念头只是在林蔚然的脑袋里一闪而过,风中还不断传来周家林讽刺挖苦的声音。

林蔚然凝神收回落在金辰身上的视线,握着拳头把注意力转回时瑾他们身上。

时瑾跟她说让她耍小聪明、偷懒，自己进入基地后却变成了拼命三郎。

在学校时轻松随意的生活态度好像被他完全抛弃，连林蔚然都能感受到少年眼睛里熊熊燃起的斗志，不服输、不怕苦、不抱怨。

林蔚然明白，他如果不全力以赴成为最好的那一个，未来无论得到什么荣耀或者机遇，永远都会被人诟病是靠关系。

就在林蔚然被夜风吹得抱紧双臂时，宋祁的声音在她身后响起。

"林蔚然，回去休息吧。明天又是一天的高强度训练。"

林蔚然回头，看见是宋祁，愣了一下，摇摇头："我回去也是失眠，睡不着。"

上次道歉事件之后，两人就没什么接触了，林蔚然也不知道对方究竟有没有原谅自己。

宋祁皱了皱眉："你最近……是脑子被门挤了吗？"

"喂，你是不是一天不骂我就浑身难受？"见对方恢复毒舌的样子，林蔚然反倒松了口气，回道。

"没有啊，我是觉得你最近训练认真多了，像换了一个人一样。"

"还不允许我有点儿改变了吗？再说，我一个女孩子，训练要求也没你们那么高。"林蔚然没想到他有关注自己的训练，有些脸红地整了整帽子。

"像周教官这样吹毛求疵的人，都没批评你几次，这绝不是因为你是女孩子的缘故。也许连你自己都没发现，你已经不一样了。"

宋祁这话说得一针见血，而且完全踩到了林蔚然的痛点。

"我哪有什么不一样——"

林蔚然下意识地想反驳，刚开口就被不远处爆发的一声"我受够了"打断。

林蔚然转过头，其他男生反应更快，都朝那边跑去。

"我受够了!你有完没完?每天除了骂人就是骂人,我不干了!我要退出!如果要以这种方式培养飞行员,我宁愿不当!"

听声音,是程晨。一定是周家林片刻不停的讽刺,让他终于爆发。

林蔚然想过去看看,却被宋祁一手拦了下来:"这种情况,你就别去凑热闹了。"

"他不会真的退出吧?那样会被停飞的啊!"

"我会劝劝他的,但最终还得看他自己。"

宋祁说完也向大家聚拢的地方跑去。

林蔚然愣在原地,她听见时瑾、金辰的声音夹杂在一片嘈杂里,像是争论,又像是解释,最终却什么都听不清。

已经凌晨一点,林蔚然将双手合在一起,指尖的凉意让她忍不住朝拳头哈了口气。

唉!

4

林蔚然不知道那天晚上究竟是如何散场的,总之,程晨最后还是走了。

宋祁没有向林蔚然解释太多,不过看得出来,他也很恼火。

当然,大家都明白,程晨绝不会是最后一个离开的。

果然,之后的日子,训练越来越残酷,陆续又有几个人受不了,跟金辰打了离队报告。等到了跳伞课程开始的时候,飞行队只剩下八十九个人。据说,离开的那些人,回到学校后都转去了飞行领航专业。

开学时,队长杨鹰曾说希望全队一百零八个人,四年后依然一个不少。当时大家还意气风发,信心满满地跟队长约定,然而不到一年时间,便成了这样的惨淡局面,连队长本人都不知所终。

飞行之路，从来就不容易。

不过，出乎所有人意料的是，林蔚然竟然坚持了下来。面对时瑾的关心，她的回答简单明确："放心，我一定会撑到跳伞课。"

林蔚然自认为永远没机会亲自驾着战机上天，但她非常想体验一下跳伞，所以才咬着牙撑过了一项项训练。

这就是她的解释，然而她的内心究竟是怎么想的，没有人知道，连她自己都不敢深究。

没过多久，跳伞课便开始了，林蔚然也终于不再觉得训练枯燥乏味。从最基础的踢腿练习开始，她每一堂课都做得很认真。

认真的女孩子，总是很讨人喜欢的。

在飞行十三大队的男生们还习惯性地将林蔚然当汉子看时，其他大队的男生已经有了行动。

晚饭后，林蔚然刚从基地食堂出来，不知是哪个飞行队的男生突然蹿过来，朝她手里塞了瓶牛奶。然后，男生转身就跑，林蔚然连反应的时间都没有，只看到他的背影消失在拐角。

这是……什么情况？林蔚然自己其实并没有多少身为女孩子的意识。

然而，下一秒，跟在林蔚然身后出来的队里男生却惊得撞在一起，很快便抱头鬼哭狼嚎起来，一脸"自己家的好白菜怎么被别人偷走了"的表情。

不出几日，院花要被外人撬走的谣言便在队里大肆传播，这直接拉响了飞行十三大队的黄色警报，并掀起了一场捍卫院花大行动。也不知道他们究竟干了什么，总之，那个连脸都没看清的送牛奶的男生再也没有出现过。

身处风暴中心的林蔚然自然是很无奈的："喂，你们是不是很闲啊？有时间多想想训练好不好？"

第七章
再见，害人精

虽然她这样吐槽，当周开班会，宋祁和时瑾进到各个班级查看情况时，谢壮壮等男生还是一窝蜂冲上去提意见。

"我提议啊，以后每项大队活动女生都要强制参加，像早读啊、写读书笔记啊……院花总是一个人窝在宿舍，太脱离管理了。"班长首先抢下发言权。

"我怎么就脱离管理了？喂……"林蔚然不服。

谢壮壮立刻凭身体优势，一把推开班长："还院花院花的，以后得叫队花！虽然咱飞行学院五年才出一个女学员，但这跟别的飞行队有什么关系？连长，我有个很具建设性的意见。你看，每次吃完饭咱们各自回去，走在路上稀稀拉拉的，太难看了。以后不光要集体带队去，我觉得还要集体带队回，保持优良作风！"

"你们是脑子坏了吗？"林蔚然急得直跺脚，却根本挤不进人堆里，"连周教官都不管我们吃完饭怎么回宿舍楼，你们干吗要自找麻烦？"

然而林蔚然的声音很快便湮没在男生们的声音里，关键是宋祁也没搭理她，而是摸着下巴，一副若有所思的表情。

终于，在大家期待的目光中，宋祁一本正经地偏头询问时瑾："我觉得可行。指导员，你的意见呢？"

"喂喂喂！"林蔚然举手抗议。

"我没问你。"宋祁比了个噤声的手势。

"少自作多情，我也没要跟你讲话！时瑾，你肯定觉得这是个愚蠢的想法，对吧？"林蔚然抱拳在胸口，一双大眼睛对着时瑾无辜地眨啊眨。

时瑾看了下林蔚然，笑眯眯地点头："我非常支持大家的意见。而且，我建议明天就开始实行吧。"

"什么情况啊！"

这两个臭小子，以前总是私下较劲，在大队管理上也波涛暗涌，什么时候意见这么统一了？林蔚然苦恼地拍着额头，很想大哭一场。

5

两个月过得飞快，来时还是春天，如今已是盛夏。林蔚然每天晚上躺在床上听基地里的小昆虫"吱呀吱呀"地唱，不知不觉地，似乎已经适应了这个环境。

基地训练进入尾声时，一个多月的跳伞训练也终于要进入实操阶段。

毕竟是高空跳伞，大家还是心有忐忑，不少人提前打电话回学校向学长取经。好在，学长们也没听说发生过特别大的事故，倒是跟大家讲了许多有意思的八卦，比如有人跳伞落地砸穿农民的屋顶、有人跳进旱厕的粪坑、有人在空中被拉出的伞绳抽到肿成熊猫脸……虽然也不是什么太好的经历，但大家悬着的一颗心，终于慢慢放松下来。

实操的那几天，几个飞行员被送到了基地，基地的机库也首次打开了。

一共三架直升机，教官们安排飞行队学员一个个来。十三大队是最后一个实操跳伞的大队，男生们连续两天看着其他大队的人顺利归来，之前的紧张早已荡然无存，开始无比期待冲入云霄，然后像蒲公英一样"散落天涯"。

林蔚然还是有些紧张的，虽然因为爸爸的关系，她对这一切无比熟悉，但这确实是她第一次真正上军机。

巨大的轰鸣声，变得越来越小的基地，林蔚然背着伞包坐在飞机上，心扑通扑通地跳。

那一刻，她突然有种感觉，仿佛穿越遥不可及的时空，她跟爸

第七章
再见，害人精

爸再次建立起某种连接。

周家林坐在直升机的最前部，还在抓紧最后的时间跟学员们强调跳伞要领："八字口诀都死死地给我记在心里！遇到问题不要慌，头脑要清醒……"

后面的话林蔚然没听进去，她握紧双拳放在膝上，耳朵里有嗡嗡嗡的耳鸣声。

见她出神，坐在她对面的宋祁伸手在她眼前晃了晃。

林蔚然抬起头，以为宋祁要笑话她胆小，没想到少年难得地朝她比出大拇指，又拍拍胸口，再朝她伸出大拇指。配合他无声的口型，林蔚然看出了宋祁的意思。女生咧嘴笑了下，将这套姿势也对着宋祁比了一遍。

——我相信你。

——是的，我也相信你。

跳伞按照体重由重到轻的顺序，所有人依次跳出，嗯，有几个是被周家林踹出去的……等林蔚然最后一个站在机舱门口，她看着底下绽开的朵朵白花，没等周家林伸腿，一咬牙，闭着眼睛跳了下去。

失重中，心跳加速。

001、002、003、004、005。虽然整颗心都悬着，林蔚然还是按照教官的要求镇定地数秒，五秒后，她打开了降落伞。

疾风渐缓，下落的速度很快慢了下来，没有伞绳缠绕，没有紧急情况需要使用备用伞，一切顺利。接下来，就好好地看风景好了，林蔚然在空中吐出一口气。

爸爸，我做到了。

此时此刻，林蔚然不想去想自己今后该何去何从，不想去想究竟要以什么样的姿态离开飞行队，她只想说这句话，她知道爸爸能听见。

降落伞带着林蔚然缓缓下坠，最终落在了长满低矮灌木的小山坡上。

目之所及就有队里的几个男生，他们也刚刚落下来，大家兴奋地远远挥手，大声呼喊着各自的名字。

看起来，每个人的感觉都不错。

卷好伞面，林蔚然跟男生们一起去往集合地点。大家陆陆续续到齐，除了几个人被树枝划伤，都没什么大问题。

大家一边清点物品，一边兴奋地交流着刚刚的体验，突然，林蔚然心里咯噔一下。

她的伞刀不见了。

没有，还是没有。少女翻遍了全身，都没有找到配备的伞刀。

弄丢武器装备在部队里可是大事，哪怕是一把小小的刀。按规定，这是要上报并严厉处罚的，当然，在此之前，哪怕是地毯式搜索，也必须将这把刀找回来。

林蔚然无奈地汇报了这一情况，凶神恶煞般的周家林这次没有骂人，他站在旁边，敲着额头，看起来非常苦恼。金辰则绷着脸，眼睁睁看着林蔚然将衣服和伞包翻了个底朝天。

"所有人，准备搜山，今天必须找到！"最后，还是金辰下了命令。

大家忍不住一阵哀号。完成跳伞任务的开心劲儿还没过去就要搜山……而且，那么大的山，只有刚刚林蔚然走回集合地的那段路是明确的。

如果伞刀是在空中掉落的，那范围简直大到不敢想象。

虽然大家只是习惯性地抱怨，并没有针对她，林蔚然还是觉得无比愧疚。她一个人走在队伍最前面，满脑子想的都是尽快把刀找到，这样大家就可以回去休息了。

一众人走到之前林蔚然落地的地方,并没有寻到伞刀。于是,决定由周家林领一队人,宋祁领一队人,时瑾领一队人,分头行动。

大家慢慢各自散开,林蔚然因为愧疚,闷头寻找,最后一个人走到了密林深处,不过,时瑾始终跟在她的身后。

"别担心,这么多人,总能找到的。"时瑾一边四下寻找,一边安慰道。

就是因为连累这么多人才不安啊。林蔚然挠了挠头:"时瑾,你有没有觉得,我好像什么都做不好……"

"只是一个小失误罢了,谁都有可能遇到。"时瑾看着她,微微皱眉。

"不光是这次,我觉得自己好像和这所学校格格不入,从一开始就是如此……"

她好像本来就不该来这里。

人人都期待的大学生活,她却过得一团糟。剪掉长发、像男孩子一样在训练中摸爬滚打,这些已经让她很艰辛了,而宿舍的女生还要排挤她,高中时最好的朋友跟她反目,本应是父兄一样的教导员从来不给她好脸色……为什么在那么多新生里,她看起来格外水土不服?这是不是说明,不光她不喜欢这里,这所学校其实也不喜欢她?

其实,早就应该随着自己的心意,跟家人坦白一切,然后不管不顾地像乔以桐那样离开吧?可是,自己也不知道为什么,一直如此犹豫不决、举棋不定。

"我太差劲了。"林蔚然攥着拳头,懊恼地敲自己的脑袋。

敲头的手被时瑾拉住,林蔚然身后的少年声色温柔:"层层选拔上来的女飞行员,我相信哪一方面都不比我们差,而且,你的父亲——"

似乎意识到自己失言，时瑾突然停下，放开了林蔚然的手。

"嗯？"林蔚然转过头，诧异地看向时瑾。

此时，兜里的手机响起，少女翻出来，是谢壮壮的来电："我们找到你丢的伞刀了！哈哈哈，没事了，快回到集合点吧，我还要给其他人打电话！"

大概是因为心一直紧绷着，猛然听到这个消息，林蔚然卸下压力的同时，也感觉好像失去了全身的力气。她捂着嘴不知道该说什么，直到挂了电话才对时瑾摇了下手臂："找到了！"

然后，少女脱力地靠在背后的树干上。

密林终于感觉不再那么压抑，阳光和风都变得美好起来。如释重负的二人对面而立，时瑾抬起头来的瞬间，碎发扬起，似有星光从他的眸中闪过。林蔚然愣了一下，想起之前的场景。

"你刚才提到我爸……"

变故是突如其来的。

林蔚然的话只说了一半，便看见时瑾的瞳眸骤然变大，下一个瞬间，男生便扑了过来，左手用力拨开她的脑袋，右手死死揪住了什么东西。

被大力推开的林蔚然倒在荆棘丛里，疼得忍不住"哎哟"了一声，一转头便看到时瑾手里抓住的东西——一条棕褐色花纹的蛇！

"啊！"林蔚然忍不住尖叫出声，顿时感觉后背发凉。

蛇的前部被少年捏住，身体从刚刚林蔚然站立的位置上方的树枝上垂落下来，攀上时瑾的手臂。少年想甩开它，却根本甩不掉，时瑾皱着眉头，喉咙里发出闷哼。

林蔚然从恐惧中回过神来。也不知道是哪里来的狠劲，她拽着一把荆棘，直接连根掰断，然后连滚带爬地站起来，用荆棘挑着蛇的下部，就着时瑾向外甩的力气，将蛇拨到不远处的树上。

第七章
再见，害人精

不敢停留，林蔚然拉着时瑾朝反方向跑。直到时瑾的步子越来越轻浮，林蔚然才发现他一直抬着手臂，手背也肿了。此时的时瑾面色发白，额上挂着虚汗。

"你被咬了啊？"林蔚然拉着他停下来，把他的袖子撸上去，胳膊上几个小血点清晰可见，小臂更是肿得厉害。

不会是毒蛇吧……

时瑾点点头，想朝林蔚然笑一下，然而整个人眼前一黑，直接倒了下去。

6

静谧的林间，一下子安静得有些可怕，仿佛阳光的温度都突然低了几度。

看着面前陷入昏迷的少年，林蔚然急得手足无措，却强迫自己冷静下来。

如果真的是毒蛇，那一刻都不能耽误。想了想，林蔚然弯下腰将时瑾背了起来。

少女深一脚浅一脚地带着时瑾朝密林外走，来时只觉得荆棘坎坷，回时却恨路程漫长。

她有些害怕，怕他真的出事，于是一边跋涉，一边一遍遍地喊时瑾的名字，尽管从来没有得到回应。

背着时瑾的林蔚然最终被同样返程的男生们发现。此时，她的衣服已经被汗浸透，整个人都要虚脱。时瑾被男生们接了过去，但林蔚然依旧不肯离开他半步，她跟着男生们跑到集合地点，看着金辰焦急地让吉普车开过来，愧疚的眼泪才流了下来。

时瑾被抬上了吉普车，少女呆站在原地，想跟过去，又怕自己添麻烦。

金辰则打开车门，喝她："你呆站着干什么？还不上车！只有你知道那条蛇长什么样子！"

林蔚然浑身一颤，擦了擦眼泪，赶紧钻进车里。

司机一路狂飙，半个多小时就到了小镇医院，几个人下了车，抬着时瑾一路冲到急诊科。

医生先紧急对时瑾做休克治疗，然后询问了林蔚然关于蛇的情况。确定毒蛇大概的种类后，医生电话联系了其他医院，然后告诉金辰，他们小镇医院没有那种抗毒血清，只有省医院有，建议马上转诊。

好在，暂时没什么危险了。

时瑾还在急诊病房里，林蔚然则脱力地蹲在病房门口，她看着金辰在走廊里一边打电话联系去省里的车，一边焦急地走来走去。

安排好一切，金辰心里一直紧绷的那根弦才瞬间折断，他一屁股坐在走廊的椅子上，把头埋进双手之间。

"金教导……"林蔚然起身，有些担心地走了过去。

这一句话直接点燃了男人心里沉积的怒火，他抬起头："录取你真是一个错误。"

林蔚然向前的步子，定在了原地。

"不懂我为什么这么说吗？其实你根本进不了飞行学院，要不是你爸爸是烈士，学校也不会照顾你，把这个名额给你！"

林蔚然瞪大了眼睛，感觉浑身都僵住了。

那段时间，机械学院的人说她用了不正当手段才得到唯一的女飞名额，江茹也因此怨恨她。当时，她觉得委屈，觉得不平，因为她什么都没做，虽然她也不理解为什么录取的是她而不是江茹。

没想到，居然是因为爸爸。

"既然沾了家人的光，那请你拿出点儿本事来。从入学开始，

你做的哪一件事符合一个飞行员的标准？"

"对不起……"

"别跟我说对不起，你有什么对不起我的？倒是你爸爸，他当年跟领导打报告，说我的心理素质不过关，建议我停飞。我这辈子都没等来他的一声道歉。"

原来，是这样……林蔚然呆呆地看着金辰，已经说不出话来。她在那张毕业照上看到的两个青年，明明看起来如此要好，后来是因为这个缘故有了嫌隙。所以，金辰才格外讨厌她吧？

也许是吐出心中积压已久的秘密，或者说是看到林蔚然，回忆起了痛苦的过去，金辰的情绪彻底失控，面颊的肌肉剧烈抖动："现在，时瑾被蛇咬了，也是因为你吧？如果真出了什么事，他可能也要告别飞行员生涯了！我一开始就应该反对录取你的，你跟你爸爸一样，都是害人精！"

「第八章」 伟大的逆行

　　并不一定是看到生离死别，或者经历大起大落，才会让人感伤，很多时候，落泪的原因不过是内心被轻轻碰了一下。

1

金辰带着时瑾转往省医院了,林蔚然则失魂落魄地跟车回到基地。不过,她回来后的第一件事就是冲进自己顶楼的宿舍,开始收拾东西。

她准备打报告退出了,尽管她已经熬过了所有艰苦的考验。

真的要离开了,这一次,林蔚然打定了主意。

金辰与爸爸之间的恩怨,她并不了解。她相信爸爸一定没有恶意,却也清晰地感觉到,金辰心里的怨念有多深。还有时瑾……至少这一点金辰说的对,她真的是害人精。既然她一开始就准备退出,那何必连累别人呢,还不如早点儿离开!

风风火火地收拾着东西,林蔚然并没有察觉眼眶已经不知不觉地湿润了,更没有察觉有人出现在宿舍门口。

"你这是怎么了?"宋祁看着她一股脑儿地将桌子上的东西装到袋子里。

"我不想再训练了,要离开基地。"

"时瑾的情况很不乐观吗?"

"金教导送他去省里继续治疗了,应该没什么危险。"

"那你为什么要退出啊?"宋祁有些不解地摁住她手里的袋子,"跳伞训练都过了,没几天我们就可以回学校了。你这个时候退出,也太傻了吧!"

林蔚然想把袋子拽回来,宋祁却不肯松手。

"我就是不想当飞行员了,不行吗?我一直都不想当飞行员啊!"林蔚然此刻心里乱成一团,有些恼火,吼道,"你不是一直嫌我拖后腿,不好管理吗?现在我决定走了啊,不是正合你意吗?干吗假惺惺地说这些!"

宋祁愣了一下,一直拽着袋子的手也下意识地松开。

第八章
伟大的逆行

假惺惺？

原来，她是这样看他的。原来，她根本不知道，从两人初次见面开始，他第一次有了棋逢对手的感觉。可越是这样，看到她后来懒散的模样，他越恨铁不成钢。

因为见识过她意气风发的样子，入校后，他还以为林蔚然只是短暂地消沉，不管是什么原因，总有一天会恢复本来的样子，会闪闪发光地站在他的对面。

可是，她竟然要放弃了吗？

"既然是这样想的，何必要来基地？"宋祁气极反笑，"我真替时瑾感到不值！"

"对，都是我的错。所以我要及时止损，再也不影响你们这些未来的天之骄子的人生了。"林蔚然拼命点头，眼泪随着脑袋的晃动掉了下来。她将袋子扔到桌上，转头快步出了宿舍。

擦干眼泪，林蔚然找到周家林，提出要离开基地。

周家林愣了一下，却没有宋祁那么激动。他说自己只是飞行队的短期教官，真正做决定的人是金辰，让林蔚然等金辰从医院回来后重新申请，而此后的训练，林蔚然可以不用参加了。

林蔚然点点头，从周家林的屋子里出来时，宋祁也从楼上下来。他冷冷地站在走廊一端，少女没有再看他一眼，从他身边擦身而过。

打了退出报告之后，林蔚然真的就再也没有参加过飞行队的任何训练，甚至连吃饭都不再和男生们一起列队了，每天宅在自己的小空间。

周家林没有跟大家说林蔚然打报告的事，宋祁也闭口不谈，男生们都以为林蔚然只是因为时瑾受伤心情不好，谢壮壮和班长好几

次拎着零食去找她玩，但都被拒之门外。

这个时候只有狠心一点儿，告别时才会没那么不舍。

其间，时瑾给林蔚然打过电话，告诉她自己已经脱离危险，正在老老实实接受后续治疗，让她不要太担心，好好训练。

"对不起，对不起……"林蔚然在电话里重复着对不起，却没有告诉他自己决意离开的决定。

还有，两人都默契地回避了一个事实——即便已经脱离危险，但因为最后这段日子的缺席，时瑾在与宋祁竞争那个出国交流名额的较量里，大概已经提前出局了。

凄凄惨惨，冷冷清清，这就是这段时间林蔚然的状态和心情，她从未如此盼望看到金辰，因为只有这个人能为她彻底结束这样的生活。

终于，四天之后，金辰回来了。

不过是四天而已，他的头发好像白了不少，人也憔悴了许多。明明是时瑾出事，好像他才是大病一场的那个。

林蔚然不想在男生们都在场的时候去找他。晚饭时间，宿舍楼下喊着口号开饭的声音越来越远，林蔚然才下楼去碰碰运气。

金辰的房间没有人，林蔚然有些失望，往回走，经过活动室时，隐隐听到里面传来很低很低的说话声。林蔚然慢下脚步，蹲着身子从没关紧的门缝望进去。

金辰背对着她，正仰头看着墙上的集体大合照。

"老杨，这帮孩子当初是你一个个从入学名单里点出来的，还为抢学生跟其他两个队长吵架。你看看，你走之后，丢给我一个多大的烂摊子啊！你喜欢的这帮小兔崽子，没一个让人省心的！"

男人的声音里好像带了笑意："早知道这么辛苦，我才不答应跟你搭档。学生气我也就算了，你也来气我，天天跟老母鸡护犊子

一样,看看把他们惯成什么样子了!"

说到这里,他停了下来,过了很久,笑声好像变成了哽咽:"老杨,你说我应不应该告诉他们……你其实早就被找到了,却再也不能回来当他们的队长了?"

再也不能回来当他们的队长……

林蔚然突然感觉双腿一软,差点儿坐在地上,害怕金辰发现,她强撑着站起来,从走廊跑了出去。

一直跑到楼梯口,林蔚然才停下了步子,靠着墙壁,慢慢地滑坐在台阶上。

金辰刚刚的那句话,是说其实杨鹰已经……林蔚然用拳头狠狠砸了几下膝盖,然后整个人蜷了起来。

其实,这一点儿也不意外。

几个月了无音讯,谁都明白意味着什么,但是当尘埃落定的时候,心里还是会难过啊。

而且,林蔚然明白,因为试飞任务的保密性,杨鹰的名字大概不会出现在任何新闻报道里,比她老爸的牺牲还要悲壮。三年、五年、三十年、五十年之后,还会有谁记得曾经有这样一位飞行员,为了国防事业献出了自己的生命?

男生们嬉笑打闹的声音在楼梯下响起,林蔚然心里酸涩无比,赶紧起身,扶着栏杆向楼上走去。

这天晚上,林蔚然躺在宿舍里,明明是炎炎夏日,她却抱着毯子,感觉浑身发冷。

不到一年的时间里,她和最好的闺蜜形如陌路,唯一关心她、对她好的队长永远地离开了,她还差点儿害死时瑾……然后,所有的难过最终都沉淀在了她最思念的那个人身上。

林蔚然拿出手机,点开短信里与"超级英雄"的对话框。

两人的对话还停留在对方问她"吃饭了吗"上。

"我——想——你——了。"手指慢慢打出这几个字,然后点击发送。

黑暗中,荧荧发光的手机屏幕有些刺眼,光标在空白的输入框里一闪一闪,少女将手机举在眼前很久,希望那边会突然传来"我也是啊"的回应,或者,哪怕是责怪她"怎么还不睡啊"也好。

可是,不会有了,离开的人是真的离开了。

3

感觉到床在颤抖的时候,林蔚然还没有睡着。她擦着眼睛,有些疑惑地看了下桌上的水杯,里面的水也在剧烈地震动。

地震?地震!林蔚然猛地坐起。

房间的颤动越来越厉害,连床架都开始"咣咣咣"地撞着墙壁。

林蔚然穿上鞋子就向外跑,黑暗里,微小的震动只是风雨欲来的前奏,各种坍塌的声音轰隆隆响起。

其间,混杂着奔跑声、尖叫声,林蔚然感觉到大楼仿佛都在慢慢倾斜……

刚刚下了一层楼,她听到楼道尽头处有人在喊右边的楼梯已经塌了,让大家都去左边的楼梯。少女愣了一下,迅速变换方向向右跑,却撞到了和她反方向的宋祁。

"你干什么呢?"

"我——"林蔚然还没来得及解释,手腕便一紧,被宋祁拉着向楼下跑去。

整个逃离的过程很混乱,林蔚然几次几乎要跌倒,都被宋祁死死拽住。

教官们扯着嗓子喊快一点儿快一点儿,不同于之前的紧急集合,

声音里分明带着真正的急切和担心。

林蔚然和宋祁跑出大楼,再回头看,已经坍塌了一半的楼呈现出摇摇欲坠之势,墙面断裂,水泥块掉落,月影横斜,好像世界末日来临。

林蔚然和宋祁两人的注意力全放在楼梯口,谁都没意识到他们的手还紧紧牵在一起。

就在这时,剩下的那个楼梯口的横梁骤然塌落,出口顿时被堵住大半,但里面还有周家林和几个同学的声音。

宋祁赶紧喊了几个男生快步上前,几人拼命扛起水泥石块,打开一条缝隙,正好够跑下来的周家林等人钻出来。

"没人了吧?"见周家林最后一个钻出来,宋祁担着横梁咬牙大喊。

而林蔚然此时也发出了尖叫。苟延残喘的大楼摇摇晃晃,终于要以摧枯拉朽的姿态坍塌。

周家林还跪在地上,没时间犹豫,他转身对给他开出逃生通道的男生们大喊:"撤!"

男生们扔下横梁,拼尽全力向远处跑,在巨大的轰隆声后,嘈杂的世界里只剩下呼喊和哭泣。

林蔚然箭步上前,拉起摔倒在地的宋祁,其他男生也被纷纷而来的同学拽了起来。周家林挥着手,让近前的大家快点儿远离这栋危险的建筑。其他队的教官和队干部也紧张地指挥着大家疏散。

"周教官,你是不是最后一个跑出来的?"摔倒时,宋祁的额头被碎玻璃划出了血,他随意地擦了一把,血却越流越多,便将衣袖摁在伤口上。

周家林面色灰暗,摇了摇头:"金教导……应该还在里面。"

林蔚然一愣,跟跄了两步。她突然意识到,那个一直守在楼道

右边,喊大家去往左边楼梯的人,原来就是金辰。

深夜的基地,亮起了星星点点的用手机照明的光,在这无边的黑暗中,显得如萤火般渺小又惨淡。

劫后余生的大家,看起来都狼狈至极,男生们或是没穿鞋子,或是穿着睡觉时的裤衩和短袖。

大家面向刚刚逃离的大楼而坐,知晓还有人在里面,半点儿逃出生天的喜悦都没有。

林蔚然听到教官们和其他队领导在呼喝着清点人数,点到自己时,少女难过地举起手:"我在。"

除了金辰,三个大队还有几个学员被困在宿舍楼里。几分钟的地震,不仅摧毁了这里的一切建筑,也切断了通信,暂时无法跟外界联系。

所以,这段时间里,大家知道一切只能靠自己了。

连颓废的时间都没有,即使知晓可能会有余震,所有人还是决定尽快把失踪的同伴从废墟里救出来。

两百来号人,无一例外地大声呼喊着失踪者的名字,同时疯狂地用手搬动碎石。

好在宿舍楼较矮,楼体也没有完全瘫垮,大家循着声音,一点点挖出一个又一个的生命通道,合力将同伴们从废墟里拉出来。随着时间一点儿一点儿过去,只剩金辰还没有被找到。

金辰本来就在最后面,所以他被压的位置也最深,每次大家拼尽全力挖开一点点缝隙,都会引起整体结构的不稳定,从而导致新的坍塌。

"金教导!听得见我们说话吗?"每隔一两分钟,都会有人朝缝隙里喊。

"嗯……"

第八章
伟大的逆行

"您再坚持一会儿,我们马上就可以把您救出来!"

"好……"

"金教导……"有人欲言又止。不少以前讨厌金辰的人,或站或跪围在这里,双手也因为长时间的徒手挖掘而磨出鲜血。

"……嗯?"

男生们已经准确地找到了他的位置,甚至还能看到他满脸是血的脑袋,然而清除掉零碎的水泥块已经无济于事,纵横交错在他上方的墙面才是真正阻挠救援的关键。

其实,大家心里都明白,现在的状况,已经不是他们能解决的了。

"没什么,您放心,"宋祁接过话茬,笑着朝里面大喊,"我们一定救您出来!"

强撑的笑容在说完最后一个字时垮了下来,少年用双拳撑着地面,跪坐着把头埋在胸前。

林蔚然抱着从废墟里挖出的医药箱,一直站在大家身后。她看得出大家的绝望。

对于金辰,此时此刻的林蔚然有着很复杂的感情。她不会忘记金辰咒骂她老爸是害人精时愤怒的样子,也不会忘记金辰每一次刁难她让她难堪的场景,但她同时也打心里明白,他并不是坏人。

要不是他坚持留在楼道右边指挥大家疏散,他现在也不会被困在里面。而且,虽然一直刁难她,严格说来,也的确是因为她自己整天偷懒,如果真的心怀怨恨,金辰完全可以不搭理她,等着她被淘汰。

随着时间的推移,金辰回应大家的声音越来越虚弱,不知受了重伤的他,还能不能熬下去。

他在里面似乎是完全不能动的,显然也无法帮自己处理伤口,如果一直失血的话……

林蔚然不安地探身看了看大家挖出的缝隙,这个缝隙太小了,并且没有任何扩大的可能。

在一个男生再次呼喊金辰,却没有得到回应之后,林蔚然鼓起勇气,突然推开男生,在缝隙旁边蹲了下来。

"得赶紧把伤口处理一下。"林蔚然打开箱子,从里面翻出生理盐水和纱布。

"怎么处理?"男生一脸不解,"就算你扔进去,金教导也动不了啊!"

"我进去。"林蔚然说着,将纱布尽可能多地塞到自己的裤兜里。

"不行,太危险了,如果有余震……"男生愣了一下,说道。

"缝隙这么小,只有我能进去。"林蔚然用力拍拍身侧男生的肩,"没关系,拉住我的脚,我相信你们。"

"林蔚然。"旁边一直没有放弃救援的宋祁突然开口。

"嗯?"林蔚然抬起头。

一件迷彩服丢了过来,上面还有一丝血腥味。少年脸上的血迹已经干透,月色里,他眼神清亮:"保护好自己。"

地震来得太突然,林蔚然冲出来时只穿着短袖。她展开宋祁的迷彩,将自己裹在里面,坚定地冲少年点了点头。

4

缝隙实在太小了,即便是对林蔚然来说也是一样。她一点点挤进去,下面很黑,尖锐的墙壁断面不断地刮蹭着她的身体,每向前一点儿都不容易。

"咳咳咳,金教导,你还好吗?"有碎沙细细碎碎地下落,令林蔚然的眼睛难以睁开。

"是你……啊。"

得到回应,林蔚然赶紧继续向前爬,她偏头将脸在肩头擦了擦,勉力把眼睛眯成缝。在男生们为她照进来的手机亮光中,林蔚然看到自己离金辰已经很近了,可两人中间隔着一层破碎的水泥壁,再也无法靠近。

少女从口袋里掏出纱布,伸出手,使劲儿朝金辰的方向探了探:"我这里有纱布,还有一些生理盐水。"

"不用了,已经不流血了。"金辰的声音很虚弱,甚至还带着一点点困意。

"金教导,要不你拿着这个吧,喝一点儿也好啊。"林蔚然怕他睡过去,赶紧将另一只手握着的生理盐水也递过来,还强颜欢笑,假装轻松地说道,"我记得在学校时,你曾经让宋祁给跑步跑得快虚脱的乔以桐送过这个。"

有低低的笑声夹杂着咳嗽响起,金辰也伸出手,湿湿的手指触到林蔚然的手掌时,林蔚然的心里紧了紧。这样湿湿的触感,不会是血吧?

"林蔚然,你其实很讨厌我吧?"喝了一点儿生理盐水,金辰突然说道。

林蔚然没料到金辰会在这个时候说这些,言不由衷地说道:"没……没有啊。"

"我是很讨厌你的。"金辰又开始咳了,"复试那天看到你的档案之后,我就开始讨厌你了。你是不是觉得我很不公正,很不可理喻?"

"我……"

"但没有办法啊,我恨了你爸这么多年,认为是他毁了我的飞行生涯。这件事我一直无法释怀,看到你,我就过不去自己这一关。所以,我一直盯着你,就是想看看,他的女儿究竟有多厉害。"

黑暗中,沉重的叹息让林蔚然浑身颤了一下。

少女想起了生日时看到的那张照片。

将手搭在老爸肩膀上,还在他脑后比兔子耳朵的金辰,一定曾经和老爸是亲密的战友吧。两个要好的朋友,最后竟变成这样,实在让人唏嘘。

她不了解当年的恩怨,却也明白现在并不是纠结谁对谁错的时候。

林蔚然调整了一下情绪,说道:"等我们出去了再说这些!现在,金教导……"

少女感觉自己身下的废墟有了晃动,男生们喊她出去的声音传到耳边。林蔚然却装作没听到,又往前挤了挤,想将纱布递过去。

"不,我现在就要告诉你,因为……我怕以后没机会了。我想跟你老爸说声抱歉。"金辰说这句话的时候,更多沙砾开始窸窸窣窣地掉落,"他做的没错,我其实是害怕飞行的,只是不愿意承认。"

林蔚然努力想阻止他,金辰却根本没有要停下的意思:"从你的爸爸和你的队长杨鹰身上,我明白了只有内心经过千锤百炼的人才能搏击长空,我的心理状态的确不够稳定。你爸比我更早地看到了我身上的弱点,其实他是担心我,为我好。可我就是不服气啊,觉得没面子,进了飞行大队,谁不想上天……"

废墟晃动的幅度越来越大,连宋祁都在焦急地喊林蔚然快点儿出去。

"别说了,金教导!"疯狂掉落的沙砾让林蔚然的眼睛彻底无法睁开。说到抱歉,她又何尝不是如此呢?

对于金辰来说,十几年的怨恨,在这生死关头终于和自己和解了。

而她跟老爸闹的别扭,却成为了永远无法和解的残局。她是有多任性,才会曾经忽视这个职业的不容易。

第八章
伟大的逆行

如今她走上和老爸同样的路，体会同样的心境，这未尝不是一段赎罪之旅。

"没能成为飞行员，却见证了很多飞行员的成长，其实我这辈子也没什么好遗憾的，甚至可以说很满足。林蔚然……"

被突然喊到名字，林蔚然应了一声，她向前伸的手再次触到了金辰的手，已经非常虚弱的男人没有接纱布，而是将一块光滑而坚硬的东西硬生生塞到了少女的掌心。

"时瑾那个傻孩子，曾经想用放弃优秀学员的名额作为条件来跟我换这个，但我没有答应，因为我希望你自己凭本事把它拿回去。现在……我可能没机会看到那一天了。"

时瑾……原来是因为这个原因放弃优秀学员竞选的？林蔚然没时间多想，她现在有更重要的话要跟金辰说。

"金教导——"

外面响起轰隆隆的声音，人声变得嘈杂而慌乱，林蔚然握紧拳头，叹了口气。她的迟迟不后退让男生们选择强制行动，像事先约好的一样，林蔚然的双腿被人扯住，开始拼命向外拖。

粗粝的沙石划过少女的双腿，剧烈摩擦中，林蔚然感觉连心都开始痛起来。

"答应我，不管经历怎样的打击和挫折，我最好的战友的女儿，一定要成长成她父亲的模样！"

"轰隆——"

"咚——"

在整个缝隙被掩盖起来的最后一刻，林蔚然被宋祁和其他男生拉了出来，她的脸上全都是灰土，双手、双膝全被磨破了，两只手臂火辣辣地痛。

然而林蔚然顾不得这些，她坐在残壁上，狼狈地浑身颤抖，一

只拳头却始终紧紧地握着。

她手里握着的是她的吊坠,上学期刚开学就被金辰收走了,她还以为那个人已经把它扔了,没想到竟然随身带着。是因为里面爸爸的照片吧……

"金教导!"回过神来,林蔚然突然扑到已经完全没有缝隙的废墟上,却再也听不到他的回应。

又一波余震来袭,宋祁没空悲春伤秋,他拽着林蔚然和仍在废墟上的男生,迅速撤离。

5

在十三大队忙着救金辰的时候,别的大队已经打开坍塌了一半的机库,三架直升机里,幸运的是还有一架是完好的。

此时,距第一次地震已经过去几个小时,天色熹微,山那边泛起了一丝丝霞光。所有人的手机依然打不通,因为整个地区全部断电,挖出的固定电话机也没用。

几个被从宿舍楼里挖出来的学员躺在空旷的篮球场上,身下垫着大家的迷彩服,有的因为失血过多,已经进入昏迷的状态。

而林蔚然此时安静地坐在伤员们旁边,双手抱膝,脑袋埋在两膝之间。

她还沉浸在之前的难过里,明明近到伸手可触,却只能亲眼目睹金辰被掩埋,这让林蔚然感到深深的无力。面对这残酷的自然之力,她渺小到什么都做不了,什么都帮不到。

经过简单的讨论,两个大队的队干部商量由他们留下来继续想办法救金辰,之后看情况再决定是带领大家徒步走出这个基地还是等待救援,而受伤比较严重的学员则和飞行员乘唯一的直升机先出去接受治疗。

第八章
伟大的逆行

除了昏迷的那几个人，其实，大部分人身上多多少少都有擦伤，但谁也不愿意抢飞机上空余的座位。十三大队推来推去，最后硬是把额头被划破、流了一脸血的宋祁推上飞机，并交代他照顾好他们的队花林蔚然。

作为这里唯一的女生，林蔚然自然也被推上了飞机，她推托了几句，便不再坚持。

虽然她很想跟大家共患难，但这种时候，还是少添麻烦为好，免得大家还要分心照顾她。

直升机的桨叶快速转了起来，巨大的风卷起灰黄的尘埃，机窗外一张张熟悉的脸渐渐被黄色的风暴湮没。谢壮壮、班长、周家林……他们或是疲惫或是受伤的模样，渐渐都看不到了。

林蔚然趴在玻璃上，表情麻木。这一别，倒有种说不出来的悲壮。

"别担心，我们所有人肯定会在飞行学院重逢，一个都不会少。"少年的眸光在大家的身上一一扫过，最后，落在林蔚然身上。

林蔚然并未注意到少年担心的视线，她呆呆地看着舷窗之外。

又是一个都不会少。这句话太熟悉了。

当年，队长杨鹰就是如此信誓旦旦地跟大家说的，说全队四年之后一定要一个都不少地坐在一起。可是，队长自己最先背叛了这句话，一个都不会少——真是苍白无力的誓言。

握着她的吊坠，林蔚然目睹着基地在视线里变得越来越小，然后，看到整个山林地带都一片狼藉。最后，她不忍再看，才慢慢将视线收了回来，发现机舱里大家都是相似的沉默。

大家都清楚，这次地震比他们之前想象的还要严重，至于最终的损失究竟有多惨重……没有人敢去想象。

飞行员联系上最近的一个市的机场，得到降落许可后，载着伤员的直升机降落在机场的停机坪上。

　　这时,天已大亮,林蔚然帮忙抬着伤重的同伴从机舱里出来,然后看到这个小小的机场里还停着几架军机,许多穿着绿迷彩服的人正从飞机上下来,然后列队集合。

　　机场的清晨,罡风凛冽,灰头土脸经历过惊魂一夜的少年刚下飞机就感觉找到了组织,心头和眼窝突然变得热热的,居然都不觉得冷了。

　　一位年长的军官看到林蔚然他们,带着几个背药箱的青年小跑着过来。

　　走近之后,发现有人伤得严重,军官直接拿出对讲机,让人帮忙联系救护车来机场。

　　得到肯定的答复后,他领着医疗兵挨个查看了受伤的学员的情况,心疼地安慰大家,然后才询问起带林蔚然他们出来的飞行员:"我从调度员那里听说,你们是从飞行基地里飞出来的,那边情况如何?"

　　"不太好,其他人都困在里面。而且,电话信号被切断了,根本联系不上外面。"

　　听到这句话,林蔚然才如梦初醒地拍拍宋祁的手臂,让他把手机掏出来看看,等待救护车的其他男生也有人掏出了手机。

　　信号满格!

　　此前,男生们受留在基地的同伴们委托,一旦出去立刻帮他们给家人报平安。

　　宋祁的手机里满满记载着全队男生家里的电话,但他还是看了看因为跑得急什么都没带的林蔚然,把自己的手机递了过去:"喏,你先给你家人说一声吧。"

　　林蔚然赶紧将手机接了过来。她知道很多人的家人可能已经知道了这边发生大地震的事,肯定都很担心,所以她不敢占用太多时

第八章 伟大的逆行

间,只快速地给林羽生发了一条短信:我很好,勿念。林蔚然。

林蔚然在发短信的时候,宋祁已经从那位军官嘴里得知了那群"绿迷彩"的身份。

从飞机上下来的那群官兵是救援先遣部队,灾情发生后第一时间就被派了出来,主要任务是摸清情况,将灾情讯息尽可能详尽地向上级汇报,并进行力所能及的救援行动。

在停机坪处列好队的"绿迷彩"开始踏步前进,他们背着大背包,手里拿着各式不同的救援工具,每个人都抿着唇,眼神坚定、肃穆,但其实队伍里许多面孔看起来都很稚嫩,估计也就和林蔚然他们差不多大。

宋祁看了下自己身上的迷彩服,除了颜色不一样,倒也没什么不同。

想了想,少年走到还在了解情况的救援队队长面前,特别郑重地行了个礼:"首长,我也是军人!请允许我加入你们的救援队!"

此时,林蔚然已经发完消息,她听到宋祁的请命,立刻抬起头来。

这个印象里笑起来会有浅浅梨窝的少年,平时大多数时候自恋、别扭、高冷,现在的他,脸上还留存着褐色的血渍,眼神却坚定地看着前方。

那样笔直站立、无所畏惧的样子,是她从未见过的。那就是军人的样子,不再只是一名学员。

在飞机上目睹的满目狼藉还历历在目,而宋祁此时的举动更让什么说不清道不明的东西从林蔚然心中燃起。林蔚然踢了个正步,站到了宋祁的身侧:"报告首长,我也申请加入救援队!多一个人多一份力量!"

重伤的学员很快被赶来的救护车接走了。

而对于执意要参加救援的宋祁、林蔚然,救援队队长感受到他

们坚定的决心之后,同意他俩留了下来。

救援队只给他们提了一个要求——做力所能及的事,最要紧的是注意自己的安全。

宋祁和林蔚然对视了一眼,都看出了对方此时的激动,赶紧答应下来,然后跟着大部队登上了他们的卡车。

救援队的车列开始从机场向灾区进发,越往前开,道路就越拥堵。从灾区开出来的大车小车满满当当挤了一路。

林蔚然坐在中间的一辆卡车里,眼睁睁地看着这蜗牛般的车速,心里无比焦急。

她身边正在给队友的家长报平安的宋祁,则是因为信号越来越差而满头大汗。

"妹子,我帮你把手包扎一下吧?"坐在林蔚然对面的医疗兵小姐姐突然出声。

林蔚然看了一下自己的手,因为之前被拖拽,手背有点儿擦伤,没想到现在结了的痂又开始流血。林蔚然不想给别人添麻烦,摇摇头示意自己没事儿,准备把手缩回宋祁借给她的迷彩服里,却被旁边的男生拽住。

"麻烦您了。"此时的宋祁,眼睛已经离开手机,他抓住林蔚然的手,不顾她的反对,帮她把迷彩服的衣袖撸了上去。

少女手臂上惨不忍睹的划伤很快曝于人前,宋祁自责地皱了下眉头。

"我的天,你也真是能忍。"医疗兵小姐姐惊呼一声,和旁边的人一起打开医药箱,拿出酒精和棉花球,"另一只手也翻出来瞧瞧吧,别藏着了,等进了灾区,我们也没时间再管你了。"

"受伤了怎么不说?"宋祁举着她的手,忍不住数落道。

"只是小伤,说出来怕大家担心……"

第八章 伟大的逆行

"这样就不让人担心啦？"宋祁说道，然后意识到自己好像过于激动，微微愣了一下。他斜斜看了眼林蔚然，此时的少女正被消毒的酒精折磨得龇牙咧嘴，似乎并没听到他说了什么，这才安心地舒了口气。

没多久，前行的车速就快了起来。倒不是因为出震区的车辆变少，而是避难群众看到军车进来，一个接一个自觉地将车开到路边，让出道路，让救援车辆先行。

许多人从自家的车里走下来，目送车队前进，就在此时，林蔚然的目光被一个身影吸引。

一个小男孩，也就五六岁的样子，他站在妈妈的身边，表情严肃，将手搭在额头上，向他们敬了一个礼。

这个军礼敬得歪歪扭扭，却让林蔚然一下红了眼眶。

并不一定是看到生离死别，或者经历大起大落，才会让人感伤，很多时候，落泪的原因不过是内心被轻轻碰了一下。

林蔚然还记得2008年的那一场大地震。

当时，在家休假的爸爸接到通知，立刻终止休假出了飞行任务。爸爸离家前摸着她气呼呼的脸跟她解释：“成为军人，就意味着会经历比别人多的'逆行'。哪里最危险，我们就要去哪里。”

不知道当年爸爸在救灾的时候有没有收到过这样的致敬，有没有像她一样，立刻感觉心被融化了。

想到这里，林蔚然朝小男孩笑了笑，然后回了一个礼。

先遣救援部队在灾区边缘建立了临时指挥点，此时是上午八点，离地震发生不到六个小时。

半夜发生的地震太过突然，许多信息还在统计当中，就目前得

到的消息,此次地震波及的城镇有十余个,其中几个受灾小镇位于山区,目前联系不上,所以具体被困人数有待统计。

此时,宋祁的手机再次没了信号,不光是他,其他人也一样。虽然这在意料之中,却也是救援队最不想面对的现实——这意味着外界很难知晓震中地区群众的情况,他们这些救援人员彼此之间也只能用对讲机联系,后续救援极难展开。

不过,不管条件怎么艰难,救灾工作还是一刻都不能耽误。

救援队的一多半人快速进入状态,他们被分成多个小分队徒步进入灾区救灾,剩下的小部分人留在这里负责后勤工作。

大家不放心林蔚然和宋祁,将他俩也放在后勤人员的队伍里,少年和少女不想给大家添麻烦,也没有二话,接受命令之后便在临时指挥点忙活开来,认真完成一项项跑腿任务。

两人给指挥点搭迷彩网时,听到队长和几个救援专家正为通信中断这个问题苦恼。

"通信瘫痪是因为不少信号塔发生了损坏甚至坍塌,我已经联系过运营商,他们正派人来紧急抢修。"一位头发花白的专家在桌子上的地图上指指点点。

"那恢复通信要多久?"

"最快的话也要两天。"

"两天?不行!太耽误事儿了,哪怕有一个信号塔能用也行!张老师,你问问运营商,哪个信号塔通信面积覆盖最广,先修哪个!"队长焦急地走来走去,脚步带风。

蹲在地上打桩的林蔚然抿了下唇,两天的话⋯⋯也许会错过黄金救援时间,而且对于与外界失去联络的受灾群众来说,这段时间太难熬了。

一旁的宋祁低着头,手上的动作也停下了,若有所思的样子。

第八章
伟大的逆行

"在这里,这个信号塔是最大的,能覆盖十几公里的范围。如果能修好它,我们只需要在周边放信号车就可以建立一个临时通信网,这会将整个灾区恢复通信的时间缩短至少一半。"另外一位专家拿起笔,在地图的某个地方快速地画了个圈,"现在的问题是,运营商也没法一下子就修好这座塔。它在灾区深处,道路都中断了,除非派飞机空降!"

"我们的战士可以空降,但运营商的维修人员不行啊!唉!"队长叹了口气,看起来很焦虑。

"信号塔损坏的原因很复杂吗?"此时,宋祁突然站起来,插话道。

大家的视线都转了过来,蹲着的林蔚然拉了一下宋祁的衣角,示意他不要添乱。

刚刚拿笔画圈的老专家倒是心平气和地跟宋祁解释:"不好说,可能是备用电池没有启动,也可能是有其他的故障,造成它无法正常工作的原因太多了……"

"那我想知道,"宋祁双手放在身前,"运营商的维修人员什么时候能到?他们又准备怎么进去?等我们先把道路打通?"

队长挥了下手:"宋祁——"

"我有一个好主意,能在最短的时间内把瘫痪的网络打通!"

大家同时愣了一下,面面相觑,此时,林蔚然也站起身。

"我高中拿过许多航空航天方面的竞赛大奖,做过很多航模,对于通信方面有一些了解,而且,我在飞行基地学过跳伞。"宋祁朝队长和专家们慢慢走过去,"所以,我的建议是,用直升机送我去信号塔附近空降,我试着修好它!"

"这怎么行!"所有人第一时间驳斥道。

一个毛头小子,刚刚学会跳伞,就想去执行这样危险的任务……

且不说他能不能修好信号塔,他自己的安全本身也是个大问题。

"让你们加入救援队之前就说过,最重要的是保证自己的安全——"队长说道。

"都这种时候了,没有别的办法了啊!想要安全的话,不当兵就行了!"因为大家的态度,宋祁突然有些激动,"现在的每分每秒都很珍贵,我们不能干等着了。相信我,队长,我一定完成任务!"

一直没有出声的林蔚然,此时突然握紧了拳头。她看着宋祁,眼睛慢慢地亮了。

每一分,每一秒,对于灾难中的人来说都性命攸关。

她想起金辰还在废墟中生死未卜,想起自愿将她推上飞机,却站在风尘里朝她挥手告别的同伴们,想起路上那个对所有前来救援的人举手敬礼的小男孩。

危险,当然危险,但这正是他们此行的意义,做危险的事,完成其他人无法完成的任务,这正是身为一名解放军的使命。

她在飞行这条路上退缩了千万遍,那是因为她觉得,多她一个不多,少她一个不少。

然而此时,她真正感觉到,自己一步都不能退缩,因为身上肩负着许许多多的责任与期待。

宋祁说的没错,想要安全的话,不当兵就好了。

"可是……"队长显然还是不太放心。

"你真的有把握做好吗?"花白头发的专家问道。

"不能说有百分之百的把握,但我保证,除了宋祁,此时此刻没有其他人可以做好这件事。"这次回答的是林蔚然,她拍拍裤腿,走到前面和宋祁并排而立,"而且,他不是一个人。我也会跳伞,我可以做他的助手。最重要的是,我们真的不能再等下去了。"

几位专家看起来有些心动,他们先是沉默,紧接着小声地议论

了一会儿,然后其中一位专家在最终拍板的队长耳边说了几句话。

全程林蔚然都站在宋祁的身侧,她用只有两人才能听得到的声音问道:"害怕吗?"

直到此时,大家都还不知道那片震区的情况,就算是经验丰富的伞兵,在不了解地面状况的情况下跳伞,也是很冒险的事。何况他们只是跳伞经验少得可怜的飞行学员。

入学前,每一个选拔出来的飞行学员都要经过重重测试,保证身体无伤无疤,能一路走到现在,堪称万里挑一了。若是因为这次行动受伤,导致自己从此无缘飞行,林蔚然可能还好,但这个代价对宋祁来说……太过沉重。

但别无选择。

林蔚然感觉自己的心脏在加速跳动,那句话也不知道是在问宋祁还是在问自己。

就在林蔚然以为宋祁不会回答的时候,她的左手突然被紧紧握住,少年的手掌微微颤抖,却温暖有力。

这便是答案了吧——明明是紧张和害怕的,却依然选择那条未知的路,他不想说,她懂就好。

林蔚然偏头看了宋祁一眼,也用力握着他的手。

此时,专家和队长的讨论总算有了结果。

队长眉头紧锁,双手撑在桌面上,连着叹了几口气,好像十分不愿意面对自己接下来将说的话:"你们说得对,一切以人民群众的安危为重,所以,作为此次先遣队的司令官,我同意你们的提议。但我毕竟不是你们二人的上级,所以行动前,需要你们写下一份生死状……"

生死状,通俗点儿说就是免责书,签下之后,意味着此后一切的后果必须由自己承担责任。

这听起来有些残酷,但林蔚然明白其中的必要性,他们不是救援队的队员,队长没有安排他们行动的权力。

那又怎样呢,无论写不写,该来的总会来。

既然他们都做好了冒险的准备,遇到危险或是意外,当然由自己承担。

"好。"林蔚然和宋祁异口同声地说道。

生死状上,少年的签名苍劲有力,少女的笔迹清秀温婉,两人把名字肩并肩写在一起,然后肩并肩踏上了全新而未知的征程。

「尾 声」拥抱浩瀚星辰

少女的步伐不知何时慢了下来,她讶异于这件事的奇妙,越想逃离,却越会被它紧紧抓住。

1

出发去信号塔坐标点前,专家们给宋祁和林蔚然做了简单的临时培训,并准备了一个大工具箱,里面有一部卫星电话,一些工具,以及食物补给。专家还告诉他俩,救援队已经联系上信号塔的工程师了,工程师随时待命,到了那里之后,遇到搞不定的情况,可以用卫星电话联系工程师来远程指导维修。

万事俱备,整装待发,两人再次回到机场。这时,离地震发生已经过去十个小时了。

机场非常拥挤,从灾区边缘跑出来的许多人在这里赶着要离开,机场跑道上停满了各式客机,地勤们跑来跑去。林蔚然和宋祁要乘坐的飞机还是之前从基地飞出来的那架,少年走在林蔚然前面,他背上背着伞包,胸前挂着背包,大步流星向前走着,好像慢一点儿的话,胸膛里的一腔孤勇就会慢慢消散。

林蔚然为了跟上宋祁,几乎是一溜小跑,金辰在最后时刻还给她的吊坠挂在胸前,此时正随着她的跑动一跳一跳地打着她的胸口。

她突然有点儿理解老爸了。

十几年来,那个男人总是因为无数的任务身不由己,小面馆刚开张时他不在,哥哥出车祸时他不在,她考上最好的高中,亲戚们来家里祝贺时他不在……家里所有欢乐或是悲伤的时刻,他全部错过。那时,她还任性地以为身不由己只是一句敷衍的托词,此时,自己站在了风口浪尖,却也心甘情愿地成为和老爸一样的人。

少女的步伐不知何时慢了下来,她讶异于这件事的奇妙,越想逃离,却越会被它紧紧抓住。直到宋祁喊她的声音传来,林蔚然才如梦初醒地快步向前跑去。

此时天已大亮,两人坐进机舱后,直升机再次起飞。

林蔚然从飞机上俯瞰地面,天亮之后,能更加清楚地看到整个

灾区的情况。大片大片的山林地带被碾碎撕裂,其间的小镇小村落都成了废墟,所见之处满目疮痍。待飞机进入高空,林蔚然的视野才变得一片白茫茫,但这份未知才最令人害怕。

飞机很快载着两人来到指定的坐标点,飞行员亮灯提示可以跳伞了。

宋祁先起身来到舱门处,林蔚然拉着她胸前的安全绳紧随其后。看着舱壁上的绿灯,回想起之前在基地的经历,同样是跳伞,林蔚然的心境与第一次时已经完全不一样了。

这不是训练,不是演习,而是真正的任务。真正的任务,就意味着有失败的可能,而且,失败的后果谁也无法预料。他们能做好吗?会顺利完成这项万众瞩目的任务吗?

这片云层之下,等待他们的是什么?没有人知道。

此时,宋祁已经跳出了机舱,林蔚然也闭上眼睛,纵身跳了下去。

白色伞花开在空中,穿过云层,然后便能清晰地看到地面。守在废墟中的灾民们也看到了空中的她,他们跳着朝林蔚然挥手,然后高呼着朝林蔚然将要降落的地方跑去。

林蔚然竟有一点儿想哭。

这是一个小镇,在下坠的过程里,她发现这个小镇被地震摧毁得很严重,房屋全部损毁,到处灰蒙蒙的。自然之力,不是亲眼所见,根本无法想象它能强大到何种程度。

林蔚然降落在小镇的高地之上,有人围拢过来,一个青年和一个大妈扶住快要跌倒的她。

素不相识的灾民们穿着夜晚匆匆跑出门时穿的睡衣,有的带着伤,有的还在哭。大家帮她把肩上的伞包取下,一遍遍问她目前救援的情况,激动得跟看见亲人一样。

少女喘着气:"谢谢!谢谢!救援队已经来了!很快大部队就

会到这里来,别担心,谁都不会有事的!"

几个大妈搂住林蔚然的肩膀,开始抹眼睛。

来不及继续安慰,林蔚然将背包整理到背后:"你们有谁看到另外一个跳伞的人吗?"

大家领着林蔚然来到宋祁的降落点,林蔚然远远地便看到宋祁,他坐在地上,身边围了不少人,他的背包、降落伞乱糟糟地摊在一边。

"你怎么了?"猜到情况不妙,少女赶紧跑过去。

少年身上全都是黄土,本来就有伤的额头又添了新伤,他左手捧着右胳膊,动一下便痛得龇牙:"落地时伞没控制好,摔了一下,右手……好像脱臼了。"

林蔚然心头一紧,她蹲在宋祁面前,发现少年的半条右胳膊无力地垂下,看情况很不乐观。

"这个时候居然受伤,我实在是……"少年的脸上罕见地挂着难过与沮丧,这当然不是因为伤痛本身,而是因为他知道自己无法完成这个任务了。

"没事儿,还有我不是吗?"林蔚然眼睛瞪圆,拍了拍他的肩膀。

两个伞兵落入小镇的消息传播得太快,一会儿工夫,越来越多的受灾群众朝林蔚然和宋祁所在的高地涌来。虽然知道只有两个人,但看一眼他们身上的迷彩,大家也觉得安心多了。

宋祁让灾民给他找了截绳子,将手臂吊在脖子上,林蔚然则把两人的背包合二为一。至于多出的水和食物,她想都没想就递给了周边的群众。

灾民知道他们是来修信号塔的,纷纷热心地给俩人指引方向,无数手指指向的小山上,一个白色塔尖分外显眼。

大家都很热心,但宋祁拒绝了群众们想一起去帮忙修塔的建议。对信号塔并不了解的群众,去了也起不到太大的作用,这个时候,

180

家人更需要他们的陪伴。

信号塔所在的东山看起来不高,实际走起来却好像没有尽头。

山路本来就崎岖难走,地震还将原本的石板路都给掀了。林蔚然在前面踩点,背包里装着十来斤重的工具箱,两个背包带勒在她的肩头,越往上走越沉,走到后面,她简直有些喘不过气来。

可她不能说累,也不敢回头,甚至不敢大声喘气,只能拼命装作游刃有余的样子。她身后那个带着伤跟她一起来东山的少年,发出隐忍的呼吸声,他每走一步只会比她更艰难吧。

经过半个小时的跋涉,林蔚然和宋祁终于站在了信号塔脚下。

高高耸立的塔,至少从外观上看是完好的,但附近有几棵很高的树被拦腰斩断,朝信号塔这个方向倒了下去。林蔚然只是看了一眼,就把目光集中在塔的下部,那里有一个白色的小房子,少女绕到房子的正面,发现一扇灰色的门。门被铜锁锁了起来,少女不死心地使劲儿推了推,灰门岿然不动。

只能来硬的了……林蔚然摸了下锁头,这把锁看起来倒不是很坚固。

此时,宋祁已经走到林蔚然的身旁,见少女解下背包放在地上,从里面将大工具箱掏出来打开,翻出一把锤子。

林蔚然将宋祁让到身后:"你先避一下。"

宋祁退开,林蔚然沉了沉气,然后挥起锤子对准门上的锁猛地砸了下去。

然而,这个锁显然比它看起来的要结实,林蔚然忙活了半天,就在宋祁看不下去了,准备亲自出手的时候,才将锁砸开。

林蔚然长出了口气,拍拍手,转头看向宋祁,才发现少年的面

色有些发白。

"宋祁,你还好吧?"林蔚然扔下锤子,担心地问道。

"没事儿。"脸上的表情明显很痛,宋祁却摇着头率先走了进去。大大小小的设备塞满整间房子,上面落满了灰尘。

半跪在门口的林蔚然完全搞不懂这些都是什么东西,只能眼巴巴地看着宋祁在里面走来走去,最后,停在了一个很大很大的盒子前面。

"啪嗒",是开关被掰动的响声。

之后,机器运行的声音打破了山顶的安静,整个房间被一种很沉闷的嗡嗡声笼罩。

"之前备用的蓄电池没有工作,我手动打开了开关,你看看信号塔有没有信号。"宋祁转头。

"好咧!"林蔚然从地上爬起,然后从背包里拿出电磁波检测工具,打开之后,却未检测到信号塔发出的电磁波。

林蔚然有些丧气:"没有,还是不行。"

"没事儿。"少年似乎在思索,"你帮我从工具箱里把万用电表和电笔拿来。"

"好。"

林蔚然拿着两件工具走进房间,宋祁单手接过,放在一个设备箱上,然后开始一个个拔设备箱里的插头。

"你这是?"

"测试线缆。"

"你要把所有的线缆都测试一遍吗?"林蔚然看了下整个房间。那么多盒子,她刚刚随手打开了一个,盒子里的线缆插头和宋祁正在拔的这个一样,密密麻麻。如果全部测试一遍的话……林蔚然感觉到前所未有的头疼。

宋祁"嗯"了一声，然后像是想起了什么，跑出小房子，过了一会儿又回来，让林蔚然把刚才他拧下来的线缆按照插头和插座对应的编号重新插回去，自己则选择了另外的线缆盒继续检查。

林蔚然对这些一窍不通，只能按照宋祁说的做，她感觉现在所做的一切和游戏里的打怪一样，每次拼尽全力告诉自己这个关卡过了就会通关，但拼到血槽空掉过了关卡，等待她的却是下一个难关。通关这件事，好像遥遥无期。

宋祁用电笔测试了不知道多少根电缆之后，原本以为要进行很久的工作突然迎来了曙光。两人运气真是不错，宋祁才检查到第二个线缆盒，就找到了故障。

"但是，线缆有问题该怎么办？我们完全没办法修啊。"林蔚然揉了揉额头。

接线吗？可是这么长的线，到底是哪里出了问题又是一个难题。宋祁此时也被难住了，他紧握手里坏掉的线，沉默不语。

林蔚然想起来之前专家给她的卫星电话还没用上，不管怎样，问下专家的意见总没错。于是她再次走出房子，将背包里的卫星电话拿进来，拨通了专家给的工程师的视频电话。

果真是待命状态，视频刚刚拨过去就被接通了。

"找到问题出在哪儿了吗？"工程师应该是等了林蔚然的电话很久，看起来也很着急。

"是的，找到了，但现在有一个大麻烦……我们不知道该怎么修。"

林蔚然将线缆盒和那条被测出有故障的线缆给视频对面的工程师看，还把线缆上面的编号清楚地报给了他。工程师指挥林蔚然拿着卫星电话去其他地方检查了一圈，根据现场情况，很快，工程师拟订了一个可能可行的方案。

工程师在其他盒子里找到了同规格的线缆,而且宋祁用万用表测试过,那条线缆是可用的。因为它只是备用线缆,并不影响主要功能,所以可以暂时拿来替换出了故障的那条!

"干得漂亮!现在,试试把那条线缆替换上去,看可不可以正常工作吧!你们加油,有问题的话,再给我打电话。"

电话挂断,林蔚然跃跃欲试,全程没有出声的宋祁却紧皱着眉头。

重燃信心的林蔚然已经开始准备交换线缆。她蹲在地上,用卷线筒将换下来的那条线快速卷起。卷完之后,林蔚然转向宋祁:"线缆盒的这个接头我们知道了,那另外一边的接头在哪儿?我们怎么把它接上去?"

"线缆那一头在塔架上。"宋祁看着她,双颊比之前更加没有血色。

工程师大概以为他们既然被派来修信号塔,肯定装备齐全,就是爬上百米的塔架也没什么大不了的。事实是,救援队并没有给他们装备安全绳。

3

"还好我是飞行学员,每天搏击长空,这点儿高度对我来说完全不在话下!"林蔚然站在塔架底部,双手叉腰,仰头看着上方,"终于到了我大显身手的时候了,哈哈哈。"

"别傻笑了。"相比林蔚然的故作轻松,宋祁却实在笑不出来,而是一脸担忧。

林蔚然白了他一眼,默默拍了下手,然后绕过宋祁,来到那卷缆线前。缆线的铁线筒被她抽掉,这堆线的一头已经插进小房子里的插座,林蔚然只须将另一头插到塔架上的线盒上就可以了。

几十米带胶皮的金属线,和工具箱的重量简直就不是一个重量级的,林蔚然背着它,一起身喉咙里就发出了不堪重负的哼哼声。

"对不起,这种事应该由男生来干的。"宋祁叹了口气,声线都变得沙哑。

林蔚然扣好背带,再次经过宋祁身边时拍了下少年的肩:"你又狭隘了,第一次见面时,你说以为女生不会关心军事。其实,根本就不是你想的那样。男生能做的,女生也能,没什么应不应该。"

说完,林蔚然便朝塔架的梯子走去。她站在塔底,将双手在裤子上擦了擦,手掌在布料上摩挲而过的时候,手上的伤口其实还有些疼。少女深呼吸,将脑子里的杂念清除出去,再次仰望高高的线盒,过了会儿才低下头,然后毫不犹豫地踩上了梯子。

"B-70!"刚攀了两磴,身后便传来宋祁的喊声。

少女愣了一下,回过头。B-70这个外号宋祁已经很久没有喊过了,这会儿怎么想起来了?

吊着一只胳膊的少年,此时看起来渺小又无助,他紧紧盯着林蔚然,向前迈了半步。

"一直没告诉你,其实我后来查过了,最早用到压缩升力的飞机的确是B-70,你是对的。所以这一次……"宋祁没再说话,他向前比出大拇指,再握拳拍拍自己的胸膛,然后又向前比出大拇指。

这套动作和第一次跳伞前他为她做过的一模一样。

林蔚然笑了,她转过头去,眼眶发热。

那一次是激励,那么这一次,应该就是真的信任了吧。她一定不会出事的,她保证。

几十米的高度,林蔚然一点儿一点儿往上爬,没有手套,梯子上积攒的沙砾硌得她手疼。林蔚然咬着牙,爬一会儿停一下,眼睛不敢向下看,步子数到二十,就按宋祁说的拿胶布将背包里抽出来

的线缆捆在柱子上。

可能过了有一个世纪那么长的时间，林蔚然终于到了线盒底下，松下一口气的同时，她发现自己的后背全被汗浸湿了。

林蔚然抱住冰冷的塔柱，单手打开盒盖，慢慢找到需要替换的线缆，拔掉它的插头，再将自己包里的线掏出来卷在手臂上，把这根线的插头插到对应的地方，又使劲儿用手紧了紧。

"宋祁！这边好了！"林蔚然还是不敢向下看，只能对着天空大声喊。

她感觉耳边风声呼啸，却没听到宋祁的回应。

此刻，林蔚然的心情其实比当年招飞考试初审时还要紧张。她真的尽力了，连不带安全绳上几十米高的信号塔这种事都干得出来……如果这么拼都不行的话，她真的不知道该怎么办了。

"宋祁？怎么样啊？"诡异的宁静让林蔚然感觉自己的心脏快要爆炸了。

过了很久，宋祁终于有了回应："林蔚然！"

"嗯？"

"我们——"少年把声音拖得老长，让林蔚然的心更是提到了嗓子眼，"成功了！"

如果此时不是身处几十米的高空，林蔚然一定会举着双手欢呼着跳起来。然而，现在她只能微微咧开嘴角，小心翼翼地将手上的线缆继续绑在柱子上，然后再小心翼翼地往下爬。

下地之后，少女看着她的杰作，和宋祁击了个掌。

在连续丧气难过了那么久之后，这就是最好的回馈吧。

两人从东山上下来后，重新回到小镇。不用特别告知，有人已

经发现部分手机可以打电话了。

这座成为废墟的小镇,有不少人被掩埋,有幸跑出来的纷纷给外地的亲人报告情况,或者打电话询问政府的救援什么时候可以到来。曾经帮助过林蔚然和宋祁的灾民看到两人重新回到小镇,还是和之前一样激动。

宋祁的胳膊此时已经完全肿了,据他说手臂麻木,连痛都不怎么感觉得到了。林蔚然返回小镇的第一件事就是拜托几个年长的灾民把宋祁带去找医生,而自己则立即加入了救人的行列。

两人在路口分道扬镳,到了晚上才在小学的操场上相遇。

空旷的操场上聚集了很多灾民,失去家园的人们席地而坐,林蔚然和宋祁也背靠背坐在大家中间。人群中一些人走来走去,向大家分发着从超市的废墟里翻出的水和面包。

宋祁脱臼的关节被好不容易找到的小镇医生接了回去,肿并未消,右胳膊不太能自由活动,而林蔚然则垂着肩埋着头,浑身脏兮兮的,一副累脱力的样子。她白天加入了小镇救援,身上的迷彩服无论在哪儿出现都会让人觉得安心,所以自救援开始,她一刻都没休息过,严格算起来,她已经将近两天没合眼了。

"不知道什么时候大部队会来这里。"宋祁仰着头看星空。今夜的星星很暗淡,月色晕染开来,地震激起的尘埃到现在还在空中飘浮。

林蔚然吸了下鼻子,环抱着胳膊把自己缩成一团。

降落伞被灾民们捡回去了,晚上灾民想还给他们,林蔚然看了下从废墟里救出来的那么多伤员和孩子,和宋祁一致决定不拿回降落伞,让需要的人拿回去当布毯,毕竟这样的夜晚还是有些冷的。

"应该快了吧。"林蔚然的声音很小。

"真没想到居然是我们俩走到这里,更没想到我们能完成这个

任务。今天你的表现……"宋祁搔了下脑袋,硬生生把"真的很棒"几个字咽回去,"不错。"

一旦脱离极端环境,少年就会重新变得有些别扭,比如此刻。

"当然,林懒懒,这并不能改变你在学校又懒又爱惹祸的事实。真不知道你脑袋里整天在想些什么,平时上课和训练时如果拿出今天一半的……"

"嗯……"

林蔚然的鼻音让宋祁的心变得柔软,喋喋不休的唠叨停了下来。他侧过脸,听到身后女孩子轻微的鼾声。

宋祁大概也没觉察,自己的脸上突然浮现出淡淡的笑容。胳膊的痛、浑身的疲惫好像都感觉不到了。

曾许愿不要再遇到的女生,因为命运的巧合再次重逢,而这个人好似天生的冤家,让他又生气又无奈,最重要的是,慢慢地,他甚至有些不知所措。

此时,终于有什么从他的心中破土而出,满满地就要从他的嗓子里溢出来。下一秒,宋祁像触电一样突然起身跳开,然后捶了下自己的脑袋。

失去支撑的林蔚然"咚"地一下仰倒在地,痛得她睡意全无:"干吗啊?想摔死我啊!"

"我我我,我着急上厕所。"宋祁有点儿语无伦次,说完立刻捧着他受伤的胳膊溜了。

还躺在地上的林蔚然就这样看着宋祁消失在自己的视野中,眼睛都快瞪出来了:"也不知道扶我起来,天底下怎么会有这么不绅士的男生?"

晚风轻轻拂过,校园里的丝丝花香淌到鼻尖,似乎带着微微的甜意。

救援大部队在天亮之后来了。

等待了二十多个小时，阻塞的小镇终于打开了生命通道，这里的灾民被一批一批地送了出去，废墟下的幸存者也因为有了专业仪器的搜救，变得更加有生还的希望了。

林蔚然和宋祁也一块儿被接了出去。宋祁的胳膊还是得治疗，出去后他直接被送去医院，林蔚然则一个人带着装备回了救援队。

此时的先遣救援队已经不是最初的先遣救援队了，临时指挥点建了很大的指挥中心，最初的先遣救援队被并入其中，随后赶来救灾的各军种人员都在这里接受调度，指挥中心的司令官也换成了一位气宇轩昂的陆军少将。

少将已经听说宋祁和林蔚然临危请命去解决通信瘫痪难题的事儿了，见到林蔚然后，夸她胆识过人，感谢她所做的一切，并表示如果她想回学校或回家，会联系航空公司给她留一个座位。

林蔚然拒绝了司令官的提议，选择继续留在救援中心帮忙。宋祁在医院，现在，她连他的那份坚持和责任也要一起扛起来。

即便如今救援的人手已经充足多了，林蔚然还是努力找各种自己力所能及的事儿帮忙，她每天忙碌地跑来跑去，只有等到很晚的时候才能和家人与朋友们打上电话。

用借来的手机，每次都不会说很久，林羽生听到她的声音放下心来，乔以桐知道她还好好的直接在电话那头哭了，身体已经无碍的时瑾只是如释重负地长舒了口气。

林蔚然没有跟时瑾提起吊坠的事，这个秘密就让它永远沉淀在两个人心中好了。

至于林蔚然一直记挂着在她眼前被掩埋的金辰……她和谢壮壮联系过，谢壮壮告诉她飞行队的同学们都已经被安全转移回学校了，在救援人员到来带他们离开之前，金辰还在废墟里，现在状况未知。

这大概是这段时间里,林蔚然听到的最坏的消息了。

5

一个星期后,救援工作进入了尾声,林蔚然也因为学期快结束而被飞行学院召回。她坐飞机回到江芜市,来接机的是时瑾。

"你好像换了个人。"人流涌动的机场外,时瑾嘴里这么说,但还是第一眼就认出了她。

林蔚然赧然低头,半个月不见,时瑾也瘦了,更显出他的清俊,而林蔚然现在的黑瘦模样,绝对比军训时的样子还要难看,要白回来,短时间内怕是别想了。

"别说我了。你确定被蛇咬到不会影响你以后的飞行吧?"之前在灾区,她打电话的时候虽然也问过这个问题,却一直没有真正放下担忧。

"医生说了,不会有问题的,你就别瞎想了。"

林蔚然这才稍稍安心,依然感到抱歉:"不过,你还是因为我没完成集训,之前为争取去国外交流的机会所做的努力都白费了……"

"不会啊,你想想,我也因祸得福避开了地震不是吗?再说了,以后还会有别的交流机会。"时瑾很自然地帮她提起手边的背囊,走在前面,"告诉你个不幸的消息,你和宋祁这次不经学院同意擅自行动,听说学院要处理你们。"

"处理?"少女愣了一下,立刻抱着胳膊气哼哼地撇嘴,"尽管来嘛,谁怕谁啊!"

走在前面的时瑾将笑意忍了回去,然后又告诉了林蔚然一个消息:"对了,金教导被救出来了,现在在市医院。"

林蔚然脚步一滞,心情顿时雀跃起来,她跳着跑到时瑾前面:

"我们快走!好想念大家啊!"

飞行学院还是老样子,不过六月的校园会更明媚一点儿,空气中还飘浮着栀子花的香气。这种南方花卉本不开在北方,据说是老校长喜欢,特地找人买了树苗种在学院里,因此每年的六月,整个学院花香四溢,却意外地和阳刚气十足的校园起到完美的中和作用。

面对了半个月的灰色废墟,回到学校,闻着花香,林蔚然感觉自己这才算到了人间。她在男生宿舍旁边下了车,还没进楼,听到动静的十三大队男生纷纷跑了出来。大家抢着要拥抱他们的队花,争着帮队花拿东西,生龙活虎地跟林蔚然说她真是十三大队的骄傲,谁以后再敢说林蔚然一个不好,他们直接就上去揍人。

跟在所有人身后的宋祁只是微微笑了笑,与林蔚然在灾区分别后不久,他就回了学院,那时候,这帮人可没有给他同样阵势的欢迎。

果然,有一个女生在学员队里,就是很难管理啊!

颇有些受宠若惊的林蔚然被男生们拥进大队,学院派来临时管理大队的干事出来和她打了招呼。林蔚然心里惦记着时瑾说的"处理",但干事只是让她好好休息,于是林蔚然也就没多问。被干事关切地问了些情况后,林蔚然又被男生们拥着送到自己的宿舍楼下,这待遇绝对是女王级别的了。

男生们叽叽喳喳地离去,林蔚然拖着背囊向里走,刚走到宿舍走廊就碰巧迎面遇到了王慧等人。其实也不是碰巧,那么多男生送她过来,动静早就让她们从自己的宿舍里跑了出来。

林蔚然避开她们的目光,准备朝走廊尽头的杂物间走去。

"林蔚然……"李晓冰轻轻喊了她一声。

拖着背囊的手停住,林蔚然却没有回头。

"不知道该说什么……只是觉得以前做的事有些过分,不管你接不接受,我们都想向你道歉。"李晓冰提高了音量。

这个道歉来得有点儿突然，接受与否其实林蔚然自己都没想好，她站了一会儿，转头对曾经的三个室友笑了笑，再回头时看到江茹站在楼梯上。

她扶着栏杆，有些欲言又止。可直到林蔚然走到自己房间门前，江茹依旧没有开口。

明明做朋友时什么样的话都可以说，她们会躺在一起，盖同一床被子聊天聊到天亮，但变成陌生人之后，却连喊一下对方的名字都觉得开不了口。

6

这是林蔚然这段时间睡得最安心的一晚。

第二天是飞行学院开大会的日子。一个学年结束后，学院要进行全学年总结，而本学期每个队的优秀学员也会在大会上得到表彰，最重要的是，这次会议还要宣布明年去国外交流的人员名单，大一新生里只有一个名额。

其实，大家都明白，这个名额肯定是宋祁的。林蔚然也想见证首长们念出宋祁名字的那一刻，但她更想去医院看看金辰。

她有话要对金辰说。

昨天，时瑾在车上跟林蔚然说金辰的状况不太好，被救出来的时候已经进入了重度昏迷。像他这样受重伤的，都是直接用飞机送去外地更好的医院接受治疗，但金辰的家人坚持带金辰回江芜市，据说……是因为他们知道金辰不愿意把命丢在家乡之外的地方。

以生病为由跟干事请了假的林蔚然，一大早就出了门，辗转去了水果店和鲜花铺子买了探望的礼物，近中午时才到了金辰所在的医院。

金辰的妻子看到林蔚然出现在病房门口时愣了一下，很快从她

的自我介绍中了解她是谁了。于是,她让林蔚然帮她照看在打点滴的金辰,自己出去买午饭。

林蔚然点头答应,沉默了片刻,她将水果和鲜花放在床头,然后轻轻拿了只凳子坐在金辰床边。还在昏迷的男人,连眉心都是紧皱的。

"金教导。"林蔚然喊了他一声。

没有回应。

少女沉默了很久,摇摇头,自嘲地笑了:"知道你被救出来,我真的舒了一口气。还记得你被压在楼底下,问我是不是很讨厌你,当时我没说真话,事实上,我真的非常非常不喜欢你啊。"

"你总是为难我,从来不给我好脸色,我想这不仅是因为我爸的缘故。我这样不上进又总是惹事的女孩,一定很让你头疼吧?"林蔚然叹气,"真的抱歉,金教导,爸爸去世后,我决心不要成为他那样的人,所以哪怕要埋葬自己的梦想,也一直在逃避成为飞行员这件事。

"但当我第二次站在飞机上俯瞰大地,决定完成其他人做不到的事的时候,我就知道有些命运避无可避,有些使命舍我其谁。与其让其他人担起百分之一会失去生命的危险,不如我来成为百分百闯关的那个。

"我要成为比父亲还要优秀的人!"

少女最后的话语掷地有声。当时,金辰被压在废墟下,她在被拖出去之前,想跟金辰说的是"我会尽力"。但当她经历过这一切,目睹了那么多灾民抱着她,感谢她之后,她觉得"尽力"这两个字敷衍了。

她一定要成为比父亲优秀的人,这才是她想了很久,决定要和金辰说的话。如果金辰能听到,一定会为自己感到欣慰和骄傲吧。

此时,林蔚然的眼睛里闪动着泪花,感觉自己简直豪情万丈:"所以,拜托你要快点儿好起来,就算继续讨厌我也没关系啊……"

"喂。"突然,床上躺着的人,发出不耐烦的声音。

"啊?"林蔚然吓得差点儿从凳子上掉下去。他他他……不是还在昏迷吗?

"你一直在这儿叨叨叨,吵得我都没法休息,我能不讨厌你吗?"金辰睁开眼睛,想坐起身来。

"啊,对不起对不起,我还以为……"林蔚然擦擦眼睛,赶紧扶住他,并帮他正了下枕头。

金辰假装生气地瞪了林蔚然一眼:"还以为我快死了吗?不会的,看不到你们这帮不省心的学生成器,我还咽不下这口气,不过我想说——"

林蔚然不解地看向金辰,等着他把这句话说完,然后就听见一声大吼。

"今天是学院开大会宣布你是大队优秀学员并拿到国外交流名额的日子,你跑到这里来干什么啊?"

咦?搞错了吧?她居然是优秀学员?她没有参加投票啊?而且,还拿到了交流的……林蔚然有些不敢相信自己的耳朵,傻乎乎地看着金辰。

金辰探起身,很不耐烦地将少女往外推:"走走走,点滴我自己会看,去接受你应得的荣誉吧。很多人都等着为你庆贺呢!"

少女的脸上还有怀疑,她一步三回头地慢慢走出病房,脑袋乱糟糟的,自言自语地说着"怎么可能,金辰是不是伤糊涂了。"

就在这时,口袋里的手机接连响了两下。

林蔚然掏出手机,宋祁和时瑾发来的消息在屏幕上同时出现。

宋祁:前几天,咱们队那帮太爱你的男生们集体决定选你作为

咱们大队的优秀学员。而且，学校为了表彰你在救灾时的突出表现，决定额外增加一个交流名额给你。所以，为了咱们飞行学院的荣誉，这次暑假期间学习不要懈怠！挂科大王林同学，每天我都会给你打电话检查学习进度的！

又来了又来了，一天不批评她心里就不好过吗？林蔚然下意识地腹诽，然后点开时瑾的消息。

时瑾：恭喜你成为这学期的优秀学员，而且还得到下学期去国外飞行学院学习的机会。不过，据说宋祁也会跟你一起去。咳咳，这家伙，救灾的时候居然拖女生后腿，我真是看不下去。所以，实在不太放心把学校的荣誉交给他，是时候考虑要不要求外公给我开个后门儿，让我也去国外了……

医院的走廊上，林蔚然盯着手机摇头傻笑。

而那两个幼稚的少年，开完大会就直奔大队部工作了。他们不动声色地发完消息之后，一个坐在大队部的沙发上将手机放在茶几上，一个靠在窗台边将手机放回裤兜。两个人都下意识地看向对方，视线交错的时候，同时微笑了一下。

来交本学期思想汇报的谢壮壮推开门，看到两个人的笑容，立刻搓着手臂退开了两步。

优秀的人，居然连微笑都火花四射啊？

而在医院里，金辰收起凶巴巴的表情看向明朗的窗外，天空湛蓝，视野里有一群飞鸟在空中划过。他想起刚刚离开的那个女孩，雏鸟终于也燃起飞鹰之魂，开始想要慢慢生长出光芒万丈的羽翼。

她一定能成就一个属于自己的飞行时代。

「后记」 有梦何处不相逢

　　这篇文字，写在我从军整整十年的日子，不知道是命中注定还是巧合。猛然发现这个事实，在深夜里正用键盘敲敲打打的我，居然突然有点儿哽咽。不管是注定还是巧合，很庆幸自己为从军十周年准备了这样一份礼物。

　　这本书里的故事从进入军校发端，这对我来说意义非凡——军校也是我军旅生涯的起点，因此，这个故事里几乎随处可见我的大学生活的印记，好像我又陪着林蔚然重新经历了一遍青春，回到了当年懵懂无知却热血非凡的十八岁。

　　是的，我的十八岁，也有爬墙出校、给吃不饱的男生偷偷加菜、在跑步时耍小聪明漏掉几圈的故事……

　　想来有些好笑，我也和林蔚然一样想过退学，不一样的是，当年我想退学的原因仅仅是胶鞋不合脚。因为军训第三天脚上就磨了四五个水疱，于是我给妈妈打电话要死要活想回去复读，然后重新高考。最后虽然作罢，但比较起来，林蔚然还是比我坚强太多。

　　其实，我很心疼林蔚然。她背负着母亲、哥哥的希望，却又害怕变成父亲那般，于是只能隐藏梦想，踽踽前行。这期间的辛苦难以想象，但林蔚然最终还是打开心结，并选择坚持下去。这个过程很不容易，每每想到，我便觉得心疼。虽然我不是她，但我很清楚她经历了什么，以及，将要经历什么。真的很不容易。

　　至于我，曾经那样懵懂的我最终能坚持下来，除了因为心里的梦想，还归功于我的同学们。那段艰苦的岁月里，大家都在跌跌撞撞地成长，却又在无形中约定再多的苦和累也要一起扛，再大的风雨也要一起走。有这样一帮兄弟姐妹，天底下似乎就没有过不去的坎。因此，在这个故事里，我为林蔚然安排了刀子嘴豆腐心的宋祁、温柔善解人意的时瑾，以及努力又天真的乔以桐三个男同学。

　　身为作者，对于这三个男生中的任何一个我都没有格外偏爱。

后记
有梦何处不相逢

不管是优秀或是平凡,他们其实都是曾真实存在于我身边的人,都同样重要。他们和林蔚然相遇,或是被林蔚然的善良打动,或是影响了林蔚然的想法,总之,因为这些遇见,每个人都在朝着越发阳光的方向成长。很庆幸我和林蔚然的生命里曾出现这些人,而我也深信,他们存在于每一个看这本书的你们身边,逐梦路上,你们互相扶持,并肩而行。

十几万字太短,并不足以描绘主人公们波澜壮阔的人生,但旅途还长,翱翔蓝天、荣耀披肩,他们的辉煌时代才揭开序幕的一角。至于写下这个故事的我,也算是对十年军旅生涯有了个交代。回头看看,苦乐交织的十年里,没什么后悔或是遗憾的,只有满满的成长与感动。

最后,我要特别感谢陪着我和这本书共同成长的夏飞君。

说实话,我写宋祁和时瑾的时候,就觉得这俩人和夏飞很像。

六年前初识夏飞时,我以为他是和宋祁一样的男孩子,高冷骄傲脾气差,交稿子时都有些小心翼翼。后来不知怎么我们变成了朋友,才发现他本性其实是时瑾,心思细腻、善良可爱。

犹记得曾经有一段时间,我因为种种原因,心情低落。周围的朋友们都没察觉出我的变化,反而是在网络另一端和我聊稿子的夏飞看出我的异常,于是二话不说,买了机票来找我玩。那是一次跨越三千七百多公里的看望,虽然结局是吃喝玩乐导致我的钱包瘪了大半,但也足以说明我们是过命的交情。

仔细想想,如果没有夏飞的帮助,这本书可能在成型之前就于某个时间点夭折。从大纲到正文,完成这本书经历了快半年的时间,这期间,夏飞很耐心地和我讨论剧情,帮我做修改和批注。然而,慢慢地,夏飞的心态还是从平和走向了爆炸——主要是我这个呆呆的作者太拖后腿,在此,我也得向夏飞道歉,大家请看我真诚

的眼睛。

　　写到这里,夜已深了,感谢看完了整本书还继续看这段文字的你,每每想到我有读者陪伴,便觉得心里一直亮着一盏灯。所以任凭再黑的夜再凉的天,我也能内心温暖而明亮地走过。

　　最后希望大家喜欢我带来的这个故事,同时我也不吝接受大家的批评。林蔚然的故事还有很长,我们的生活也充满无限可能,未来的某一刻,愿我们都以更好的姿态重逢。

　　晚安。

翎珑包

2018年秋

编辑手记：青春此时蓝

文◎欧阳夏飞

　　屈指一算，我和翎珑包同学认识已经有六七年的时间。其间，大多数时候我们嬉笑怒骂，插科打诨，既是很好的朋友，也是默契的合作伙伴。我一直知道她是一名空军军人，也曾开过让她开着直升机来编辑部窗外看我的玩笑，可玩笑终究是玩笑，那时我并不知道军人这一身份对她来说意味着什么。直到，去年的某个假期，在祖国的西北边陲，我们第一次见面。

　　在那个简陋冷清的小机场里，我提着行李走下飞机舷梯的时候，看到她远远地冲着我笑。在南方出生长大的她身材纤瘦，看起来像初入大学的新生，身姿却格外挺拔。回想起来，大概是因为她身上的军装——天蓝色的空军军装，笔挺而帅气，配上她灿烂的笑容，那一刻，我没来由地热血起来。接下来几天，她带着我四处游历，也去了她所在部队的驻地。边疆的景致壮阔而迷人，生活条件在我看来却多少有些艰苦。那种环境，我想对大多数城市里出生的女孩来说都是一种艰巨的考验，可我每每提起，她都表现得云淡风轻，言谈间，有种与形象和年纪不太相符的豪迈感。不只是她，那几天里，我还认识了她的许多战友，不论年纪、性格、岗位、军阶，所有人的身上都洋溢着一种难以名状的独特气质。后来，我终于明白了，那其实是源自追逐梦想的热血与保家卫国的自豪。那是只有身穿那套军装的人，才能明了的一团在心间熊熊燃烧的火焰。

　　那之后，我便提议她写一写自己的故事，也写一写其他千千万万像她一样勇敢地投身于祖国国防事业的年轻人的故事。她想了想，欣然答应。再然后，经过我们反复的讨论、磨合、修改，才有了你们现在看到的这个故事。实事求是地说，它最终的样子符合我此前全部的期待——真实、有趣、热血。是的，我觉得一切追梦的旅途，都注定是热血的，女孩也不例外。因为，只有足够热血，我们才能足够坚定，才能在面对这一路此起彼伏的荆棘与坎坷时，始终义无反顾。我很高兴，林蔚然做到了，她的朋友们也努力做到了，而这群少男少女便是我心目中年轻人该有的样子——偶尔犯错，偶尔怯懦，但心中的火焰终将照亮前路，指引我们奋力奔跑。因此，我真的很喜欢他们和他们身上发生的故事，希望你们也是如此。

　　最后，回到一切的起点，我发现脑海中依然是和翎珑包初次见面的情形。湛蓝的天幕下，她穿着天蓝色的军装，笑容灿烂，朝气蓬勃。原来，这是一个从一开始便注定和蓝色结缘的故事——故事里的林蔚然终将驾着战机翱翔浩瀚长空，而故事之外的我们，也该努力在最好的年纪绽放最炽热的活力，为了深邃如海的远方与梦想奋力拼搏。青春与梦想，其实，一直都是蓝色的。